Enquêtes aux jardins

Les pommes de l'apocalypse

Du même auteur
aux éditions du Rocher :

L'île aux Panthères. Les Jaxon, 2017.
La presqu'île empoisonnée. Les Jaxon, Vol. 2, 2018.
Enquêtes aux jardins. Les empoisonneurs, avec Romain Veilletet, 2019.

Guillaume Le Cornec

ENQUÊTES AUX JARDINS

Les pommes de l'apocalypse

éditions du
ROCHER

Loi n° 49-956 du 16 juillet 1949
sur les publications destinées à la jeunesse,
modifiée par la loi n° 2011-525 du 17 mai 2011.

Éditions du Rocher
28, rue Comte Félix Gastaldi – BP 521 – 98015 Monaco

Quêtes en enquêtes *Policier*
Collection dirigée par Guillaume Le Cornec

www.editionsdurocher.fr

ISBN : 978-2-268-10345-7
EAN Epub : 9782268103969

À vous trois.

1
KLASSIFICATION

Lucas détestait Carl von Linné de manière irréversible. Lucas, s'il avait pu voyager dans le temps, se serait sans aucun doute rendu en 1731 à Uppsala, Suède, pour dire au naturaliste suédois, tout le bien qu'il pensait de sa foutue classification.

— En taxinomie, cette science que Lucas affectionne tant et qui classe les plantes selon leurs organes sexuels visibles, le nom binomial ou double se compose d'un premier mot qui désigne le genre et d'un second qui dit l'espèce…

Le vieux Jean-Marie James Ecolloyd avait la prunelle qui pétillait. Ses yeux étaient deux petits brasiers qui flottaient au-dessus d'un sourire narquois.

— …Le premier mot s'ouvre en majuscules et le second en minuscules, les deux sont écrits en *italique* et en latin…

Les envies de meurtre de Lucas gagnaient en force et en intensité. Emma, sa comparse, ronronnait d'aise à ses côtés. Connaissances et concepts biologiques étaient pour elle un carburant spatial qui la propulsait au paradis des dingos.

— ...Ainsi, le nom binomial de la menthe poivrée sera *Mentha x piperita...*

Les mots latins scintillaient sur le tableau numérique qui couvrait un pan entier du repaire secret de Jean-Marie James. Ce sanctuaire souterrain, construit sous la maison du vieux fou, et distant de quelques centaines de mètres à peine du Jardin des Plantes de Nantes, aurait rendu Bruce « Batman » Wayne malade de jalousie.

Mais à cette heure, cela importait peu à Lucas, qui était polarisé sur ses pulsions homicides. Voilà des mois qu'ils avaient intégré la guilde des Jardins du Roi au rôle d'enquêteurs spéciaux... Enquêteurs spéciaux... tu parles d'un titre en carton, toi !

Des mois à suivre, DEUX FOIS PAR SEMAINE, les cours de botanique dispensés par l'un des patrons de la Guilde, le très maboul, original et décoiffé Jean-Marie James Ecolloyd, qu'un Lucas synthétique avait rebaptisé « JMJ ».

Heureusement pour le jeune garçon, et à sa demande expresse, la Guilde avait ajouté à ces cours purement théoriques un volet pratique. Leur dernière – et première – mission ayant révélé le caractère parfois *très* dangereux de leur engagement « pour la sauvegarde du vivant, de la biodiversité et des espèces, en France, en Europe, et partout ailleurs dans le monde où leur présence serait requise ».

Donc, deux fois par semaine également, Emma et lui étaient confiés aux bons soins du major Towsend. Cet ex-instructeur des SAS de Sa Majesté – les forces spéciales britanniques – avait un langage aussi fleuri qu'un jardin anglais en avril. Et un pedigree hors du commun. Comment la Guilde pouvait-elle disposer dans son carnet d'adresses d'un personnage au parcours aussi violemment guerrier ? Mystère à moitié révélé par l'organigramme de la Guilde, qui comportait un groupe « Commando » activé quand la diplomatie et la ruse avaient échoué. Emma et Lucas savaient de Towsend qu'il avait sillonné la planète d'un théâtre d'opérations à l'autre, participant à tous les conflits asymétriques de la fin du vingtième siècle. Puis qu'il avait pris une semi-retraite chèrement acquise en se mettant, de manière intermittente, au service de l'organisation la plus secrète et la plus étonnante qui puisse exister : la guilde des Jardins du Roi.

— ...Lucas, tu ne me sembles pas très passionné par cette magnifique méthode de classification, je me trompe ?

— Sur toute la ligne, JMJ, vous êtes à des années-lumière de la vérité. Pas très passionné ? Je hais ce Suédois. Je hais la taxinomie. Je ne pige que dalle aux pistils et aux étamines... Je veux de l'action !

— La Guilde est avant tout une société savante, Lucas, une société savante qui…

— Qui croise le fer avec des criminels pour lesquels le latin est un rongeur qui mange des carottes et la taxinomie un nouveau service de location de voitures avec chauffeur.

Emma pouffa. Elle savait bien que Lucas surjouait son côté « brute épaisse ». Ce garçon, dont la vie personnelle et singulièrement ses relations avec son père étaient un champ de ruines, avait un esprit fin et plus de jugeote que beaucoup d'adultes. Il le prouva d'ailleurs sur-le-champ.

— Plus sérieusement, vous savez comme moi que cette classification est remise en cause et que la notion même d'espèce est discutable, alors apprendre les clés d'un système qui risque de ne pas survivre à la décennie…

— Il survivra à la décennie et sans doute même au siècle. C'est vrai que ce système évolue, mais la classification de Linné reste l'alphabet des biologistes et des botanistes, celui qui leur permet, quels que soient leur origine et leur parcours, d'avoir un langage commun. C'est une merveille mon garçon…

JMJ avait raison. Comme toujours. Sa bienveillance, sa haute énergie feutrée, ses connaissances – qui n'auraient pas tenu sur un disque dur d'un téra – vous emballaient la discussion dans un filet à mailles serrées dont il était impossible de se défaire.

— Emma ? Peux-tu me préciser les dates de vos prochaines vacances ?

— Du 11 au 27 avril. Pourquoi ?

— Simple question…

Simple question ? Tu parles ! JMJ ne faisait jamais rien au hasard. Ils étaient payés pour le savoir.

— Vous n'allez pas nous organiser un camp de vacances pour aller herboriser dans je ne sais quelle région paumée et farcie de moustiques voraces, j'espère ?

— Qu'est-ce que tu vas chercher là ?

— Quand vous avez cette mine-là, c'est que vous préparez un truc louche.

— Je ne prépare jamais rien de louche.

— Vous passez votre vie à préparer des trucs louches.

Les trois complices éclatèrent de rire.

— Il vous reste donc une dizaine de jours de cours… Très bien. Où retrouvez-vous le major ?

— Au parc du CRAPA, à l'est de l'île de Nantes, lâcha Lucas du tac au tac.

— Prenez le temps de regarder les ormes communs. Nous allons les perdre, je le crains…

— Vous voulez dire que nous pourrions voir disparaître nos *Ulmus campestris* ?

JMJ regarda Lucas avec fierté. Sous ses airs de dur, son jeune disciple apprenait presque aussi vite qu'Emma et adorait ménager ses effets pour leur donner un impact maximum. La classification de Linné ? Lucas l'avait parfaitement comprise et assimilée, même si c'était à son corps défendant.

— Oui mon grand, un champignon se charge du grand ménage et les tue tous les uns après les autres… C'est une bien triste hécatombe.

— Rien à faire ? demanda Emma, pour qui l'anéantissement d'une espèce était une catastrophe qui aurait dû valoir les gros titres et cinq colonnes à la une…

— Rien qui ne soit en notre pouvoir, hélas. Allez, ne soyez pas en retard. Le major pourrait décider de vous mettre à l'amende et vous faire ramper dans la boue afin de vous apprendre la ponctualité.

— À l'heure ou pas, le Cinglé du Devonshire le fera, de toute façon.

Sur cet avis définitif, Emma, qui goûtait moins que Lucas les exercices barbares du major, rangea ses affaires et franchit la porte blindée. Lucas lui emboîta le pas, fit un clin d'œil à JMJ et mit, lui aussi, le cap sur la surface, en empruntant l'échelle de coupée qui allait du laboratoire à la cuisine. Une fois à l'air libre, il attrapa dans une corbeille quelques chouquettes couvertes de sucre perlé que JMJ laissait toujours là à leur intention, et huma l'air ambiant. Ça sentait la cannelle et la fougère. La maison de JMJ était aussi modeste et mal rangée que son sous-sol était high-tech et ordonné. Pourtant, de ce fatras de vieux botaniste émanait une douceur ouatée et une chaleur de cocon. Cette maison, qui était devenue un peu la leur, aux murs ornés de sublimes gravures de plantes et aux tables recouvertes d'herbiers, il l'aimait presque autant que la sienne. Et cela d'autant plus qu'elle était un sas vers une base secrète digne de la CIA, il ne fallait pas se mentir.

— Je repasse chez moi me changer.

— Pourquoi ? Tu es très bien comme ça !

— Tu me vois sauter dans les flaques et grimper aux arbres dans cette tenue ?

— Qu'est-ce qu'elle a cette tenue ?

— Je suis en jupe, Lucas !

— Les troupes écossaises ont fait le débarquement de Normandie en kilt !

— À tout à l'heure, *Batman*.

Elle posa brièvement ses lèvres sur les siennes et fila, le laissant en plan dans le vestibule. Leur histoire prenait une tournure singulière. Il ne savait pas de quoi demain serait fait. Il adorait Emma, mais en était-il amoureux ? Et elle, l'était-elle réellement ? Ces sentiments-là n'étaient pas plus simples à décoder que l'ADN d'une cétoine dorée – *Cetonia aurata* –, autre nom d'un scarabée à reflet métallique qui venait autrefois, en été, festoyer des pivoines de sa mère, dans leur ancienne maison landaise, quand ils formaient encore une famille unie.

2
LE CINGLÉ DU DEVONSHIRE

— Mais avancez donc, bougres de bouseux, bougez-vous le *bottom* où je vous fais bouffer du boudin boucané dans la boue…

Le Cinglé du Devonshire était en forme ! Et, comme à son habitude quand il les trouvait trop lents ou trop mous, il alignait assonances et allitérations, il mitraillait en mode rafale. Ils étaient à l'extrême est du parc du CRAPA, dans cette portion où les arbres tombés restaient là sans qu'on les enlève, pour accueillir insectes et mousses. Aucune intervention humaine n'était permise afin de recréer un sanctuaire de biodiversité en pleine ville. L'est du CRAPA, c'était la jungle mon ami.

— Emma, tu patines comme une poule-au-pot qui va pondre un *pig* plein de porridge ! Remonte ton centre de gravité et saute par-dessus cette brindille !

Cette brindille ? CETTE BRINDILLE ? C'était une muraille qui lui faisait face ! Un tronc entier barrait le chemin et lui arrivait au niveau de la poitrine. Le major était assis à califourchon dessus, ses rangers briquées – à croire que, pour lui, la boue n'existait pas – battaient la mesure sur l'écorce. Elle avait envie de lui arracher les yeux. Autour d'eux, les arbres gouttaient et l'odeur d'humus emplissait leurs narines. La dernière averse – sous laquelle ils étaient, naturellement – avait considérablement alourdi le terrain, ventousant les baskets d'Emma au sol. Lucas rayonnait. Il venait d'avaler le sentier étroit à grandes foulées élastiques et avait franchi l'obstacle sans aucune difficulté, en s'aidant d'un arbre planté juste à côté. Il se retourna pour apercevoir un éclat roux et deux mains accrochées sur le bois glissant, sans aucun espoir de franchissement. Il fit demi-tour, prit son élan et se propulsa sur l'obstacle. Un saut parfait en deux temps. Il surplombait Emma qui grimaçait. Il lui tendit la main. Elle l'agrippa. Lui, d'un mouvement coulé, sans à-coup mais fermement, l'attira vers le haut. Elle prit place maladroitement sur l'orme abattu – encore une victime de cette saloperie de champignon – et lança à leur instructeur un regard de haine pure.

— Ton chevalier servant ne sera pas toujours là pour te tirer les fesses des ronces. Va falloir élever un peu ton niveau de jeu, ma *joolie*!

Elle reprit son souffle. Et rugit :

— On cavale depuis 55 minutes, vous nous avez fait ramper dans la bouillasse, traverser des massifs d'aubépines qui m'ont lacéré les cuisses. On a grimpé aux arbres, on a fait de la tyrolienne dans les houppiers, on s'est battu, on a dû creuser la glaise à mains nues pour faire une tranchée et s'allonger dedans, on a construit des pièges, et maintenant ça ? Vous êtes un malade qu'on devrait faire immédiatement interner…

— La Guilde m'a demandé de vous faire passer de l'état larvaire à celui de jeunes gens endurants. On est aussi proche de l'objectif que Sa Majesté l'est de la vulgarité ou du communisme.

Ce type était raide dingue, bon pour l'asile.

— Allez, on poursuit, on continue.

Towsend gicla de son perchoir avec la grâce d'une panthère. Ses cinquante et quelques années n'avaient pas émoussé le bonhomme. Il mesurait un mètre quatre-vingt-cinq, devait peser 80 kilos, essentiellement du muscle. Son visage buriné était taillé à la serpe et il avait une brosse courte en guise de coupe réglementaire. Des yeux bleu acier et un nez en bec d'aigle surplombaient une petite moustache gris-fer *so british* qui s'étirait quand il vous engueulait.

— Je n'en peux plus Lucas. On pourrait se répartir les rôles : quand il y a une situation de danger, tu prends les rênes et tu nous sors de là.

Emma avait chuchoté, de peur que le psychopathe d'Exeter ne lui imposât une nouvelle épreuve.

— Tu sais bien qu'il a raison. On ne sera pas toujours ensemble en cas de pépin…

— Je veux un bain. Je veux mon lit. Je veux jeter ce taré dans la Loire.

— SILENCE DANS LES RANGS ! ALLEZ, ON ACCÉLÈRE UN PEU…

Le major voulait sa peau. Le major souhaitait sa mort.

Une heure plus tard, un Towsend vaguement satisfait les déposa au pied de l'immeuble d'Emma. Ils étaient deux statues d'argile, couverts de boue séchée. Leurs habits ressemblaient à des carapaces de pangolins.

— On se voit demain au bahut !

— Si je peux me lever…

— Un bon bain et tu péteras la forme !

— Je vais prendre une douche. J'ai trop peur de m'endormir dans l'eau et de me noyer. Salut *Batman*, et à demain… peut-être…

La jeune fille de bonne famille entra à pas lourds dans son immeuble de luxe. Le gardien, comme tous les mercredis après-midi et les dimanches matin quand elle revenait de son « entraînement », lui lança un regard chargé de reproches qui disait, net et clair : « Mais Dieu du ciel, comment peut-on se mettre dans un état pareil ? »

À demander au major Towsend qui sifflotait dans sa vieille Vauxhall rouge brique dont il avait gardé la conduite à droite.

3
CHOUCROUTE !

Lucas ne s'était pas trompé. Ce diable de JMJ préparait bien quelque chose. Ils en eurent la confirmation le soir même, quand le vieux fou les pria par sms de bien vouloir se joindre à lui le prochain dimanche, en fin de matinée. Un rendez-vous leur était proposé à la terrasse de l'orangerie du Jardin des Plantes, à eux ainsi qu'à leurs parents. JMJ concluait son message par un énigmatique : « J'ai une proposition amusante à vous faire pour les vacances » qui mit Lucas sous tension. Il traînait au salon après une douche brûlante d'une demi-heure et il vit dans ces quelques mots les signes avant-coureurs d'une nouvelle mission terriblement dangereuse qui le réveilla. L'adrénaline pulsa dans son organisme et il pesta de devoir attendre quatre jours pour connaître les détails de sa future opération commando.

— Maman ?

— Oui…

— JMJ nous propose un café au Jardin, dimanche en fin de matinée… Il dit avoir « une proposition amusante à nous faire pour les vacances »…Tu es d'accord ?

— Bien sûr !

Claire Destac, ex-Delvignes, adorait JMJ. Elle se faisait une joie de voir le vieux botaniste aussi souvent que son travail et ses obligations à lui le leur permettaient. Jean-Marie James avait permis à son fils de trouver un sens à sa vie et d'absorber, autant que faire se pouvait, le choc de la trahison de son père.

Son ex-mari était en effet parti avec une collaboratrice dont Lucas disait qu'elle ressemblait plus à une voiture volée qu'à une secrétaire de direction, eu égard à un recours massif au maquillage rose orange.

Que JMJ emmène son fils et Emma découvrir de nouveaux espaces et se cultiver en pleine nature quelques jours pendant les vacances la comblait d'aise.

À deux cents mètres de là, Emma trempait encore dans son bain quand elle entendit le carillon de son téléphone lui annoncer le message. La voix de Mathieu Vidard la berçait doucement ; le podcast de *La Terre au carré* touchait à sa fin… à l'inverse de ses souffrances qui, elles, progressaient par vagues successives de plus en plus douloureuses !

Elle avait l'impression qu'un binôme de bourreaux échappés du Moyen Âge lui avait fait subir le supplice de la roue. Elle se sentait disloquée, anéantie, éparpillée dans son propre corps. Chaque mouvement lui arrachait un sanglot, chaque respiration un gémissement. Sa seule consolation était d'imaginer le major Towsend enterré dans le sable jusqu'aux épaules, une colonie de *Red Harvester* lui entrant dans les oreilles. La fourmi *Red Harvester*, dite « moissonneuse rouge » ou *Pogonomyrmex barbatus* en « langage Linné », était un vrai démon. Ses piqûres vous faisaient perdre la raison disait-on, et dix milligrammes de son venin suffisaient à tuer un homme de la corpulence du major.

Elle s'imaginait au milieu du désert de l'Arizona où vivait la Bête, toisant un Towsend réduit à l'impuissance, qui la suppliait de mettre un terme à ce cauchemar. Elle souriait benoîtement à l'instructeur, s'interrogeant à haute voix sur la réalité de son courage qu'une modeste colonie de fourmis pouvait aussi facilement balayer.

Quel délice...

Elle fit un effort surhumain pour s'extraire de l'eau devenue tiède, se sécha en jurant, puis attrapa son portable pour découvrir l'invitation/convocation.

« Qu'est-ce que ce vieux timbré a encore inventé pour nous mettre dans la panade ? », se demanda-t-elle en quittant l'application de France Inter.

Quand elle sortit de la salle de bain, une puissante odeur de chou l'assaillit. Son père, qui avait passé dix jours en Alsace le mois dernier – pour un énième symposium sur les drones miniatures ! – avait ramené à Nantes un nouvel amour : la choucroute.

La famille en avalait des wagons et Emma commençait à trouver cette mode particulièrement exténuante.

— La vache, encore ?

— Eh oui ma poulette, encore ! Daddy veut nous alsaciser, daddy veut nous chou-iser, daddy veut nous choucroutiser. Maman est à deux doigts de l'étouffer avec ses graines de lin.

Flavie, sa sœur, sa nouvelle meilleure amie… Elle était une informaticienne de génie que la nourriture ne concernait pas. Comme tous les *geeks* de compétition, elle aurait pu avaler des pizzas surgelées pendant deux décennies sans que cela lui pose le moindre problème.

Flavie.

De cinq ans son aînée.

Désormais hacker sous contrat de la guilde des Jardins du Roi.

Une tête brûlée capable de vous enfoncer n'importe quel obstacle numérique d'un coup d'épaule codée.

Le dîner se passa autour d'une variante assez étrange concoctée par leur père – la choucroute au fromage – qui faillit virer au drame. Carla Le Cunff, la reine-mère, styliste adulée par les grands créateurs de mode, sortit de ses gonds et décréta un moratoire intégral sur la gastronomie alsacienne. Toute nouvelle tentative de mettre « une saloperie de ce genre sur la table » se solderait par la saisie de ses avocats et l'ouverture d'une procédure de divorce.

Les deux sœurs hurlèrent de rire en quittant la table.

Profitant de la mine déconfite du cuistot de Krautergersheim, la capitale mondiale du chou, qui remâchait sa débâcle dans la cuisine, Emma lui demanda gentiment de l'accompagner au rendez-vous du dimanche matin.

— Et puis comme ça on pourrait enchaîner avec un déjeuner à *La Taverne Royale* ?

Son père la regarda par en dessous, absolument pas dupe de cette sournoise proposition.

— Que nous veut-il encore, ce vieux brigand ?

— Il a quelque chose à nous proposer pour les vacances. J'ignore ce que cela peut être, mais je suis sûre de deux choses : ce sera passionnant et sans danger.

— Sans danger ? Avec ce fou qui a failli vous faire tuer la dernière fois...

— Papa, les complots internationaux ne sont pas la norme en botanique. La Guilde est d'abord et avant toute chose une société savante...

— Ben voyons... C'est pour cela qu'elle dispose de bases souterraines dernier cri et d'instructeurs issus du *Special Air Service*. À ce propos, pourrais-tu inviter ton major Towsend à la maison ? J'aimerais beaucoup discuter avec lui des nouveaux modèles de drones espions en dotation au sein des SAS. On m'en a dit le plus grand bien. Si tu me l'amènes, je dis oui pour votre virée avec le vieux dingue !

Business as usual. Son père, qui était maintenant un homme d'affaires, avait pris la fâcheuse habitude de systématiser le principe de négociation, y compris avec sa cadette !

— Banco ! dit Emma. Je t'amènerai ce psychopathe dès que je me serai débarrassée de mon envie de l'assassiner.

— Topons là camarade !

— Papa…

— Allez, tope là ! Claque-m'en cinq, comme disent les rappeurs.

— Ils ne disent absolument pas ça !

— Bien sûr que si.

En désespoir de cause, Emma lui « en claqua cinq » et leur accord fut scellé dans une odeur persistante de munster au cumin.

4
ON NOUS PREND POUR DES POMMES !

— C'est un grand honneur qui vous est fait. Participer à l'élaboration d'une exposition de cette ampleur n'est pas donné à tout le monde…

Ils étaient attablés en terrasse. Lucas et sa mère, les sœurs Le Cunff, Emma et Flavie donc, et leur Stanislas de père, qui voyait se dessiner une choucroute royale en cinémascope. Emma se balançait d'une fesse sur l'autre et tendait les jambes pour chasser des crampes naissantes, petits legs dominicaux du major Towsend.

— Une exposition sur la pomme ? JMJ, tu plaisantes, là ? On ne suit pas cet entraînement de malade pour aller dessiner des Granny Smith à Rouen !

— Mon garçon, cette exposition qui sera dévoilée lors du prochain festival *Graines de Jardin* est une aubaine. Il ne s'agit pas de dessiner des pommes, mais de collaborer avec d'éminents botanistes et des jardiniers très doués, des historiens des sciences et des économistes de haut vol. La pomme est le fruit le plus consommé au monde. Et son histoire est proprement édifiante ! Cette expo, « *La pomme dans tous ses états* », fera date Lucas !

Dire que Lucas était en pétard relevait de l'euphémisme le plus accompli et envisager de lui faire adopter une attitude constructive tenait du pur délire. Lucas sortait les crocs. Lucas voulait être parachuté derrière les lignes ennemies et tuer des ninjas à mains nues.

— Non, non et non, je ne viens pas.

— Lucas mon chéri, laisse Jean-Marie James exposer son idée jusqu'au bout. Ils seront logés où ?

Claire Destac tentait d'arrondir les angles... Claire Destac avait du pain sur la planche.

— Nous serons tous les trois logés dans un superbe appartement contigu au jardin, gracieusement mis à notre disposition par les organisateurs. Tous les frais sont pris en charge et, j'insiste là-dessus, les participants à ces séances de travail, c'est du très haut niveau...

Emma, des étoiles plein les yeux, bouillait intérieurement. Si la séance avec le major avait été plutôt moins rude que d'habitude, Lucas, en revanche, la saoulait. Qu'il puisse compromettre sa participation à ce projet la mettait en rage. Elle prit sur elle cependant pour avancer en diplomate onctueuse afin d'amadouer son guerrier shaolin.

— Eh *Batman*, laisse-toi faire, elle est bien cette proposition. Pendant que tu iras traquer des tueurs dans le bocage normand et que tu sillonneras les plages, d'Étretat à Cabourg, moi je travaillerai avec des pontes de la botanique. Accompagne-moi et je te fais tes exercices de physique jusqu'à la fin de ta vie !

Lucas la regarda, oscillant entre la colère et l'envie. Même si cette exposition ne lui disait rien qui vaille, on lui proposait quand même une virée d'une semaine en Normandie. Il n'avait jamais vu Étretat et son aiguille creuse… Il décida toutefois de faire grimper les enchères…

— Désolé, c'est non.

— Lucas, tu peux me suivre s'il te plaît ?

La voix de JMJ était passée du velours à la glace en un claquement de doigts. Il s'était mis debout comme un diable sort de sa boîte et filait déjà vers le carré des plantes préhistoriques, Lucas dans son sillage. Quand il le sentit juste derrière lui, le vieux monsieur fit volte-face, la mine sévère, et lâcha dans un murmure rauque :

— Lucas, tu es un garçon plein d'énergie et de pugnacité. Tu apprends vite, tu es généreux et remarquablement intelligent… Mais malgré toutes ces qualités, laisse-moi te dire que tu manques encore parfois de finesse d'analyse, voire de jugeote. Cette exposition serait en soi un motif suffisant pour organiser ce séjour, mais il n'y a pas que ça. Seulement, et je pense que tu le comprendras, je ne peux pas dire au père d'Emma, qui nous considère comme une espèce de secte vaguement dangereuse, que nous allons à Rouen pour enquêter.

Si tu avais eu la patience d'attendre un peu, si tu avais écouté ton intuition plutôt que ta colère, tu aurais joué le jeu et attendu de connaître TOUTES MES MOTIVATIONS avant de ruer dans les brancards. Vos parents sont déjà extrêmement compréhensifs et ouverts, ta mère plus encore que ceux d'Emma. Je ne veux pas les alarmer à chaque fois que nous décidons de nous pencher sur un problème...

— Un problème ?

JMJ le dévisagea, laissant s'installer un silence pesant. Il ne lui ferait pas le cadeau de l'informer tout de suite de ce qui se tramait en Seine-Maritime. Lucas baissa les yeux.

— Désolé... Ça ne se reproduira plus...

— À la bonne heure ! Tu dois maintenant sauver la face auprès de nos amis. Tu es désormais amoureux des pommes...

JMJ lui donna l'accolade et ils repartirent en sens inverse. À peine réinstallé à table, Lucas plongea son regard dans celui d'Emma.

— Les exercices de physique... et de maths ?

— N'y compte pas un seul instant !

Emma lui décrocha un sourire de 600 watts en se demandant quand même, comme tous les présents d'ailleurs, ce que JMJ avait pu lui dire pour le convaincre aussi vite. Une légère inquiétude lui traversa l'esprit. Mal à l'aise, Lucas trouva une excuse médiocre pour expliquer son revirement soudain, mais il la servit avec une telle conviction qu'il emporta l'adhésion.

— JMJ m'a menacé de mettre un terme au programme du major Towsend. C'est un coup bas et un odieux chantage, mais qu'y puis-je, moi, si les vieux génies sont aussi des êtres fourbes et perfides ?

L'assemblée s'esclaffa et Lucas se pensa tiré d'embarras jusqu'à ce qu'il croise le regard de Flavie. Qui lui adressait un message clair : « Ne nous prends pas pour des quiches mon gars, on sait bien que c'est du baratin, et tu as intérêt à nous affranchir vite fait de ce que t'a dit JMJ. » Les yeux du garçon filèrent vers ses chaussures.

Stanislas Le Cunff, qu'on n'avait pas encore entendu, conclut la conversation comme si elle devait être archivée et versée à un quelconque dossier.

— C'est donc d'accord. Les enfants partiront avec vous, en Normandie, le 12 avril au matin, en train. ILS SERONT SOUS VOTRE ENTIÈRE RESPONSABILITÉ DURANT TOUTE LA DURÉE DU SÉJOUR. L'intégralité des frais de déplacements et de bouche seront à la charge des organisateurs et ils seront logés, à titre gracieux, dans un appartement contigu au Jardin des Plantes de Rouen. Le séjour durera sept jours pleins, à compter du 12 avril. C'est bien ça ?

— C'est bien ça…

JMJ s'attendait à le voir sortir une feuille d'émargement ou un contrat. « L'Homme à la tête de chou » s'en abstint et eu un petit hoquet. Puis il se leva et proposa à Emma d'y aller.

— Flavie, tu nous accompagnes ?

— Désolé, j'aurais adoré, mais j'ai une montagne de codes à brasser…

Baratin total, menteuse radicale ! Flavie était une traîtresse dont il faudrait se venger. Emma soupira devant la promesse de cette nouvelle embardée charcutière sans alliée.

Lucas, lui, était en feu.

Il s'embrasait du dedans.

La Normandie sentait le danger.

La Normandie clignotait en rouge alarme.

La Normandie suintait de mille promesses d'action.

5
SUR LE GRILL !

— Puisque je vous dis qu'il ne m'a rien dit de plus ! Rien. *Nada*. Que dalle.

Lucas était pris sous le feu croisé des questions des deux sœurs Le Cunff. Elles avaient activé le mode « interrogatoire serré » et il passait un sale quart d'heure.

— Arrête de te foutre de nous. Si JMJ t'a retourné aussi vite, c'est qu'il t'a promis un nouveau D-day. Au minimum…

— Je vous jure que je ne sais rien de plus que ce que je vous ai dit. L'expo sur les pommes et un « problème » qui commande une « enquête ». Quel problème ? Quelle enquête ? Aucune idée. JMJ était tellement remonté contre moi qu'il m'a infligé cette punition : ne rien me dire et me laisser gamberger…

Les deux harpies jouaient au « bon flic/mauvais flic » avec brio. Flavie hurlait, Emma susurrait…

— Lucas, dis-le nous… Tu sais qu'on ne lui répétera rien…

— Mais enfin vous êtes bouchées ! Je ne vais pas inventer un bobard pour vous faire plaisir. IL NE M'A RIEN DIT.

Il en avait ras le bol. Emma le bassinait depuis deux jours avec ça. Et ce mercredi qui aurait dû être parfait – le premier sans botanique depuis des lustres –, virait au procès de Moscou. La séance avec JMJ avait été exceptionnellement annulée pour cause de préparatifs du voyage et le trio s'était retrouvé au Jardin des Plantes pour une « discussion ». Ils occupaient un banc proche de la librairie, en haut du parc. Tim les rejoindrait à la fin de son cours. Flavie tenta une dernière approche, ultime sommation avant la rupture.

— Si tu ne nous affranchis pas, tu pourras toujours courir pour un coup de main à distance… Ce que tu ne comprends pas, c'est que je suis meilleure quand je suis préparée. Je peux anticiper le boulot, prendre mes appuis en ligne, programmer des *bots*. Si tu me laisses dans le brouillard, j'aurai forcément un retard à l'allumage qui ne pourra que vous pénaliser quand vous serez au pied du mur.

Lucas savait tout cela. Ce qu'il ignorait en revanche, c'était comment faire pour convaincre les deux flingueuses de sa bonne foi… À moins que…

— Regardez…

Il dégaina son portable et cliqua sur l'icône des sms. Il leur présenta les requêtes multiples qu'il avait envoyées à JMJ – dites-m'en plus ! S'il vous plaît, répondez-moi !! Mais répondez-moi enfin !!! JMJ, BON SANG, ARRÊTEZ DE FAIRE LE MORT !!!! JMJ, MAIS VOUS ÊTES UN GAMIN, RÉPONDEZ !!!!! – toutes restées lettres mortes.

— Alors ?

— O.K. ! On peut peut-être te croire... même si on vous sait capables d'un stratagème bien retors pour n...

— Salut à tous !

JMJ ! Tel qu'en lui-même, sortant de nulle part, souriant, matois, et habillé comme à la parade : pantalon de serge noire très large mais lui arrivant à mi-mollet, chaussettes jacquard rose/bleue et chaussures de clown en cuir marron, chemise hawaïenne à imprimé flamant rose sur fond bleu, raccord avec les chaussettes, veste blanche cintrée et casquette de rappeur *gangsta* ! L'ensemble était d'un mauvais goût prodigieux. Lucas, habitué aux écarts vestimentaires du vieux fou, ne s'en formalisa pas et lui sauta littéralement dessus.

— Ah ben vous voilà, vous ! Vous allez dire à ces deux tortionnaires que j'ignore tout du problème que nous sommes censés rencontrer en Normandie.

— Problème ? Quel problème ?

— Ah non, hein, ça suffit JMJ. Vous n'avez aucune idée de ce qu'elles me font vivre ! Par pitié, s'il vous plaît, dites-nous, dites-leur, de quoi il s'agit...

JMJ étira ce fin sourire qu'Emma et Lucas connaissaient bien : inquiétude et intérêt mêlés.

— Certains vergers normands connaissent disons, quelques difficultés qui nous inquiètent…

— Les arbres sont malades ?

— Difficile à dire, ce n'est pas aussi franc du collier. On sent comme une perte de dynamisme sur certains cultivars, comme s'ils avaient une sorte de coup de pompe…

Flavie ouvrit des yeux ronds. La botanique n'était pas son rayon.

— Un cultivar ? Qu'est-ce que c'est que ce truc ?

Emma trop contente d'en remontrer à sa sœur, sulfata la définition en deux rafales courtes.

— Un cultivar est une variété de plantes obtenue en culture par sélection et dont les qualités sont supposées être uniques.

Lucas fronçait les sourcils, tentant déjà d'échafauder des hypothèses.

— Lubrizol ?

— *A priori* non…

La catastrophe de Lubrizol. Du nom d'une usine chimique classée SEVESO seuil haut – le *nec plus ultra* en matière d'installation industrielle dangereuse – qui était partie en torche une nuit de septembre. Un immense panache de fumée avait traversé la Normandie, rendant impropre à la consommation des tonnes de produits agricoles et faisant craindre une pollution massive à Rouen et dans les communes alentour.

— La trajectoire des vents au moment du désastre n'est pas raccord avec les endroits où se trouvent certains vergers attaqués.

— Et une contamination par les nappes ?

Emma parlait des nappes phréatiques, l'eau de sous-sol.

— Les prélèvements effectués n'ont rien démontré de concluant…

— Qui a effectué ces prélèvements et qui a conduit les analyses ?

Lucas était informé, Lucas lisait la presse, Lucas ne prenait pas son rôle d'enquêteur à la légère. Sa dernière question faisait écho aux accusations formulées à l'époque par des collectifs d'habitants sur le manque de transparence de certains services de l'État. Accusations qui avaient pourri la communication de crise du préfet et du gouvernement…

— Nous avons conduit nos propres analyses.

— Aucune piste, alors ?

— Aucune.

Une capsule de silence enveloppa la petite coterie. Le pépiement des oiseaux et les cris d'enfants s'estompèrent. Quatre cerveaux tournaient à plein régime et leurs propriétaires, concentrés, les yeux fermés, ne savouraient même pas les effluves du laurier de Californie qui les dominait.

— Salut la compagnie !

La voix fluette et haut perchée de Tim coupa net la transe collective. Tim, un être solaire et singulier, le plus jeune d'entre eux. Porteur d'un trouble du spectre autistique. L'ami indéfectible d'Emma et Lucas, leur presque frère qui les avait plus d'une fois sortis des ennuis.

— Salut Tim ! Comment vas-tu ?

— Je vais bien.

Lucas avait eu une idée dont il ne s'était ouvert à personne.

— Dis-moi, est-ce que tu as un programme pour les vacances ?

Le regard de Tim papillonna. Lucas poursuivi sur sa lancée :

— Je me disais que tu aurais pu proposer à tes parents de venir passer le week-end du 18 et 19 avril à Rouen. Emma et moi allons – modestement – participer à l'élaboration d'une grande exposition internationale sur la pomme à l'invitation de leur Jardin des Plantes. On aurait pu vous montrer les premiers résultats de nos travaux et puis ça vous permettrait de découvrir un nouveau jardin et la Normandie... Qu'en penses-tu ?

— J'en pense que c'est une idée extraordinaire !!!

Lucas osa un œil vers JMJ, qui opinait du chef. Ce dernier prit la parole :

— Si tu veux, Tim, je pourrai appeler tes parents et leur demander. Je dois pouvoir vous trouver un hébergement à tous les trois.

— Vous êtes parfaitement aimable monsieur Jean-Marie James. C'est un grand bénéfice pour moi de vous connaître.

— Et c'est un grand bénéfice pour nous tous de t'avoir pour ami, Tim, tu peux en être convaincu, répliqua JMJ.

Moment de grâce suspendu. L'amitié rayonnait comme un petit soleil. Ces cinq-là formaient un attelage baroque, mais soudé. La botanique, décidément, offrait de drôles de compagnons de jeu !

6
LA VIE DU RAIL

Le train cahotait, le train accélérait et ralentissait au gré des lignes droites et des courbes, le train marquait des arrêts dans des gares de plus en plus petites. Ils avaient quitté Paris-Saint-Lazare – énorme galerie commerciale qui ouvrait sur les célèbres verrières d'où partaient les trains – moins d'une heure plus tôt. Un premier trajet Nantes - Paris-Montparnasse en TGV, un passage par le métro, que Lucas qualifia de « couloir aux hérétiques » sans que l'on soit bien sûr de ce qu'il voulait dire par là, puis ce Train express régional à deux étages, surchauffé et bondé.

Ils avaient pris place en hauteur où ils purent, heureusement, trouver des places assises.

Emma et JMJ discouraient, comme à leur habitude, moitié en français moitié en latin. Linné, invité de seconde classe, fut cependant vite relégué dans un casier à bagages. À partir de la gare de Vernon-Giverny, la conversation dériva sur un sujet qui modifiait le regard que les scientifiques portaient sur la forêt, et sur les écosystèmes au sens large : la communication entre les arbres.

— J'ai réécouté trois fois l'émission. L'Internet des arbres, JMJ, ça me fascine complètement ce truc ! Tous les arbres d'une forêt qui communiquent les uns avec les autres, qui s'entraident, qui s'épaulent et qui s'avertissent en cas de danger…

— Oui, c'est fou… Ce sont des champs de recherche récents, vingt ans tout au plus. Mais ces avancées conduisent à une nouvelle manière d'appréhender la forêt, non plus comme la somme des arbres qui la composent mais presque comme un organisme unique ! Dont tous les membres, les organes, sont reliés par un réseau immense de fibres souterraines, comme de la fibre optique.

— Oui, ce sont les hyphes qui jouent ce rôle-là, des grands filaments ultrafins qui constituent le mycélium, la partie cachée du champignon dans le sol… Ce sera mon sujet de recherche. Je veux faire ma thèse là-dessus JMJ, sur le Wood Wide Web…

— Ta thèse ? Tu n'as pas encore passé ton brevet !

— *Mister J*, s'il vous plaît, cessez de me renvoyer systématiquement à ma condition de simple collégienne !

— Collégienne, c'est très bien…

Lucas leva la tête de son écran et retira son casque pour brancher une dérivation sur la causerie de ses deux amis.

— Vous savez que le marché mondial de la pomme représente plus de 10 milliards de dollars par an, que ce sont plus de 75 millions de tonnes qui sont produites chaque année. Et que la Chine, les États-Unis et la Pologne sont les trois premiers producteurs mondiaux…

— Nous parlions de l'Internet des arbres…

— Un rapport avec notre enquête ?

— Non…

Lucas adressa à Emma un regard courroucé disant : « On est en mission ! »

— Donc, ce marché, qui est en pleine effervescence, représente une montagne d'argent, approximativement le PIB de l'Érythrée…

— Le quoi ?

— Le PIB, le Produit intérieur brut. La richesse produite par un pays en un an… Et l'Érythrée est un…

— …pays de la Corne de l'Afrique bordé par la mer Rouge, qui a fait causer de lui récemment grâce à une campagne de reforestation massive. 350 millions d'arbres plantés en douze heures selon les médias officiels…

Et pan sur le bec de Lucas, qui en resta comme deux ronds de flan.

— 350 millions d'arbres ? Mais c'est complètement dingue…

— C'est ce que le gouvernement a proclamé, mais ces chiffres sont contestés par les spécialistes et sans doute très surévalués. Toutefois, le *Green legacy*, c'est le nom de ce programme, canadien à l'origine, est quand même ambitieux et vise à terme à planter 4 milliards d'arbres.

— Pourquoi ? Pourquoi en planter autant ?

— L'Érythrée a perdu 90 % de sa forêt durant les cinquante dernières années et un pays sans forêt est un pays mort...

Les voyageurs commençaient à se retourner. Et leurs yeux s'arrondissaient comme des soucoupes quand ils découvraient que cet échange, digne d'une conférence internationale sur l'agriculture, était mené par deux adolescents accompagnés d'un vieil original échappé d'un cirque. JMJ, dont le costume mauve détonnait sévère dans le wagon, souriait dans sa barbe...

Ces deux ados étaient vraiment très spéciaux. Les entendre parler du marché mondial de la pomme et de campagnes de reboisement menées aux antipodes avait quelque chose de surréaliste et de terriblement rassurant.

La conversation ricochait, rebondissait de pays en données et de données en pays.

Le train ralentit pour aborder son terminus. La gare de Rouen-Rive-droite.

— Aristote m'a dit qu'il nous attendrait devant la gare, en face de la sortie.

Ils laissèrent descendre les voyageurs pressés. Eux posèrent le pied sur le quai à 11 h 23 très précisément, puis empruntèrent l'escalator, lestés de leurs valises à roulettes. La gare de Rouen avait une allure folle et la salle des pas perdus tout en marbre laissait deviner une grande esplanade derrière les baies vitrées.

— Ah, ça y est, je l'aperçois!

— Où ça, je ne le vois p…

Lucas n'acheva pas sa phrase.

Appuyé sur le capot d'une voiture vert d'eau probablement construite au temps des Romains, un gigantesque épouvantail hirsute leur faisait des grands signes. À côté de lui, JMJ était habillé sobrement.

— Aristote Théophraste, les enfants, un ami très cher, patron local de la Guilde, un homme discret et timide que vous apprendrez à connaître…

Discret ? Timide ?

Deux mètres sanglés dans une sorte de survêtement vert électrique et chaussés de santiags jaunes, qui se déhanchaient en criant leurs noms…

Discret ? Timide ?

Ben merde alors!

7
ARIS' LE GIVRÉ

Emma et Lucas hallucinaient. Ils étaient installés à l'arrière de la vieille guimbarde – « C'est une Renault Juvaquatre Dauphinoise de 56, les enfants, une rareté ! » – avec la sensation terrifiante d'être assis directement sur la route. Le moteur de l'engin hurlait et les pignons grinçaient à chaque changement de vitesse. Aristote le Discret, lui, causait à la vitesse d'une mitrailleuse, enchaînait les blagues incompréhensibles, voire les chantait !

— Et vous les enfants, heureux d'être à Rouen ? Vous allez voir, c'est une ville terrible.

— Oui, on est ravis…

— James m'a dit le plus grand bien de vous, c'est un honneur de rencontrer les tombeurs de Hookman ! *Hook, Hook, Hook, Hookkkaaaa**!

Lucas tenta de ne pas penser au Marsupilami et de maintenir son fou rire à distance.

---

* Voir *Enquêtes aux jardins, les empoisonneurs.*

— Vous l'appelez James ? Nous, on a opté pour JMJ. Vous préférez quoi vous, JMJ, James ou… JMJ ?

— Je n'ai pas d'avis…

Aris' le Timide éclata de rire et fit une embardée en effondrant sa tête sur le volant. Aris' le Givré ne regardait même plus la route !

— JMJ ? Comme les Journées mondiales de la jeunesse ? James, la super pop star du rock catholique ! Ahhhhhh ouiiiiiii…

Et d'attaquer – ou plutôt de massacrer – le début du morceau de Depeche Mode, *Personal Jesus.*

— *…your own personal Jesus, someone to hear your prayers, someone who cares…*

Aris' le Furieux frappait le volant de ses énormes mains pour battre la cadence. Il remuait des fesses sur son siège et la voiture faisait des écarts. JMJ commençait lui aussi à bouger en rythme et frappait bientôt dans ses mains… C'était complètement dément. Les deux vieux dingos se déchaînaient. Les deux vieux dingos étaient clairement inaptes à la garde d'enfants ! Et puis Aristote cessa de beugler et subitement annonça :

— On passe d'abord au Jardin des Plantes. On rencontre le directeur, quelques spécialistes et les jardiniers, et on file ensuite faire le tour des popotes…

— C'est toi qui fais le programme, Aris', nous, on te suit, répliqua un JMJ redevenu lui aussi très sérieux.

La Juvaquatre s'engagea sur le pont Guillaume-le-Conquérant à tombeau ouvert. Ils eurent à peine le temps de voir la Seine. Le *Fangio* du bocage accéléra encore dans l'avenue Jean-Rondeaux, puis tourna à gauche, sur les chapeaux de roues. Boulevard de l'Europe, rue des Murs-Saint-Yon, place Saint-Clément... La ville défila comme un décor peint, irréelle, insaisissable. Emma se cramponnait comme elle pouvait.

Elle était livide.

Encore deux ou trois rues avalées en trombe et Aristote pila, la voiture dérapa dans un crissement de pneus atroce, puis s'immobilisa.

Il coupa le contact et se retourna en faisant gicler une longue mèche blanche. Les patrons de la Guilde étaient fâchés avec les coiffeurs. Les patrons de la Guilde étaient fous à lier.

— Alors comment avez-vous trouvé Rouen ? Avouez que ça en jette, non ? On peut laisser les affaires dans la voiture, l'appartement ne sera disponible que dans l'après-midi. Venez, suivez-moi.

Sportif et nerveux, le Théophraste jouait avec le cliquet de la porte pour la déverrouiller ! Il sortit ensuite de l'auto en même temps que JMJ et les deux danseurs claquèrent leur portière de concert. Emma et Lucas étaient soufflés. Ils firent un effort et sortirent à leur tour. Ils tanguaient, ils avaient l'impression d'avoir traversé la Manche par gros temps. Aristote et JMJ étaient déjà dans la grande allée. Les deux adolescents prirent le temps d'un coup d'œil circulaire.

À première vue, le parc était sublime.

Et grand.

Les odeurs d'herbe coupée et de fleurs les apaisaient. Le gazouillis des mésanges aussi. Emma reprit des couleurs. Lucas la regarda, un sourire ravi naquit sur son visage et s'étira, de l'Atlantique à l'Oural.

— Ça part terrible, non ?

— C'est le mot qui convient, en effet !

— Allez, en selle !

Emma lui rendit son sourire. Ils se mirent au petit trot et rejoignirent leurs deux « chaperons » qui remontaient le chemin en mimant un combat de boxe, tournant l'un autour de l'autre comme sur un ring, s'envoyant des petits coups de poing dans les épaules.

Surréaliste !

Le directeur et le directeur adjoint les attendaient sur le perron d'un magnifique bâtiment. Le patron descendit les marches, main tendue vers Aristote

— Salut Aristote, quel plaisir ! Bienvenue à tous. C'est une grande joie de vous accueillir dans notre petit jardin.

— Ne fais pas le modeste, monsieur le directeur, ton jardin est grand, ton jardin est cool.

— Merci Aristote.

Les deux hommes saluèrent respectueusement les nouveaux venus, tandis qu'Emma et Lucas se présentèrent sobrement. Le directeur, visiblement très pressé, les confia aux bons soins de son collègue :

— Voici mon adjoint, Luis, il vous servira de guide et fera la liaison entre vous et les différents spécialistes présents. Je suis navré de devoir vous laisser en plan comme ça, mais je dois accueillir une délégation chinoise qui arrive de Ningbo, une ville du Zhejiang avec laquelle Rouen est jumelée. Eux ne viennent pas pour l'exposition, mais dans le cadre de la création d'un grand jardin botanique à Ningbo à laquelle nous sommes associés. Luis vous en parlera également... Je file. À tout à l'heure les amis !

— À tout à l'heure directeur, et sois prudent au volant, hein !

Aristote, le roi de la vanne, se marra et décrocha une légère droite dans le biceps de l'adjoint Luis qui sursauta. Qui prit la mesure de la dinguerie du dingue. Et qui commença à flipper.

— Alors Luis, on se la commence cette visite ?

— La visite ? Quelle visite ? Euh oui, bien entendu, la visite... suivez-moi.

8
PREMIÈRES CONSTATATIONS

Une heure et quelques minutes après, la bande des quatre reprenait place à bord du tas de ferraille. Emma aurait bien voulu rester plus longtemps. Ses premières impressions étaient excellentes. Très différent du jardin des plantes de Nantes, celui de Rouen était organisé autour de deux axes. L'un conduisant de la rue des Martyrs-de-la-Résistance au Pavillon XVIIe, qu'ils avaient emprunté en arrivant, l'autre allant de la place du même nom jusqu'à la serre au cadran, en longeant une longue pelouse ombragée et une succession de bassins.

La serre au cadran.

Un monolithe de verre tout en transparence, un rectangle haut de dix mètres qui abrite le jardin de l'Évolution et… qui donne l'heure !

Le XIXe siècle, décidément, s'y connaissait méchamment en abri botanique de luxe.

À quelques encablures de cette merveille, une autre rareté. Un *Parrotia persica* ou arbre de fer. C'est un petit modèle – moins de six mètres de hauteur, les plus grands atteignent difficilement douze – originaire du nord de l'Iran, au port très étalé, ultrarésistant aux maladies et aux parasites, et dont le rouge des feuilles explose comme un incendie en automne.

Son bois est, paraît-il, plus dur que le biceps droit du major Towsend.

D'où son nom.

Elle avait également détecté plusieurs espaces intimistes intelligemment circonscrits, rocaille et collections d'Asie, carré de plantes médicinales, plantes aromatiques et sauges, des collections de fleurs uniques – iris, fuchsias, dahlias, roses – et quelques bizarreries aussi : des lions en pierre originaires de Ningbo, en Chine, une stèle funéraire et une gigantesque pierre runique offerte par le Danemark en commémoration du millénaire de la Normandie.

L'adjoint Luis leur avait également montré du doigt l'emplacement du jardin aux Sorcières. Une demande des habitants, qui participaient à son élaboration… Ça sentait la messe noire et les incantations aux puissances de l'ombre, les potions à base de venin de crapaud et les sacrifices rituels ! « Les Normands sont fous, c'est un fait scientifiquement établi par Obélix depuis des lustres », Lucas *dixit*.

Après leur petit tour en plein air, ils avaient été rapidement présentés à quelques chercheurs qui occupaient la salle de réunion du Pavillon et qui n'avaient que trois mots à la bouche : la pomme, la pomme, la pomme.

Retour dans l'auto, avec Aris' le Dingue aux manettes, direction, le verger du Vallon. La conduite de l'Ancien ne s'était pas fondamentalement améliorée durant la trop courte pause. Aris' fonçait, pilait, ré-accélérait, prenait ses virages sur les jantes et dansait beaucoup, en multipliant les écarts et les embardées. Car la seule concession faite à la modernité dans la Juvaquatre Dauphinoise de 56, c'était un lecteur MP3 discrètement planqué dans la console du tableau de bord couplé à un système d'enceintes extra-puissantes et totalement invisibles.

— Vous aimez les Stones ?

— Les… ?

— Les Rolling Stones, Mick Jager, Keith Richard… ?

— Connais pas…

Aris' décrocha à Lucas, via le rétroviseur, un regard perplexe.

— James, c'est qui ces deux-là. Vous arrivez de Mars ou quoi ? Vous ne connaissez pas les Stones ??? Écoutez-moi ça, pauvres enfants sans boussole, et priez le dieu du rock'n'roll qu'il vous pardonne cette infamie.

Il tritura deux boutons et un accord de guitare électrique emplit l'habitacle, rejoint par une caisse claire hypersonore. La bagnole se mit à vibrer.

— *Paint it, Black,* les amis ! Une bombe…

L'affreux poussa le son, l'affreux partit en transe, JMJ était saisi par le démon. Lui aussi était frappé par la danse de Saint-Guy.

Emma prit la main de Lucas. Elle sourit. Elle trouva leur vie insensée et magnifique.

Aris' et JMJ couinaient en imitant – mal – les riffs des guitares, et ils hurlaient au moment du refrain en bougeant des hanches et des fesses sur leur siège.

Les routes défilaient.

Vite.

Le timing d'Aris' était parfait. Le morceau s'arrêta quand la voiture s'immobilisa.

— Le quartier du Grieu, et au-dessus, le verger. Venez.

Ils sortirent de l'auto et se mirent dans le sillage du grand chevelu qui avalait la colline à grandes enjambées. Après cinq minutes de marche, ils débouchèrent sur un terre-plein herbeux ceint de pommiers. Émergeant du petit bois, un homme d'une cinquantaine d'années s'avança vers eux. Aristote accéléra.

— Jeannot !

— Monsieur Théophraste !

— Appelle-moi Aris' enfin, ça fait mille fois que je te le dis…

— Je n'y arrive pas… Bonjour à tous. Bienvenue au verger du Vallon.

— Je te présente James, mon presque frère, éminent botaniste, et Emma et Lucas, ses jeunes protégés, qui viennent suivre les travaux des chercheurs qui travaillent sur l'expo « La pomme dans tous ses états ». Comment vont-elles, les tiennes, justement ?

— Mal. C'est comme je te l'ai dit au téléphone… Ce n'est pas une maladie classique, parasite ou champignon, qui les tuerait d'un coup. C'est plus insidieux. Les arbres donnent l'impression de se recroqueviller, d'être, je ne sais pas, essoufflés… Venez, je vous montre, ce sera plus parlant.

Ils s'enfoncèrent dans le verger. Ils inspectèrent les arbres. Les feuilles, normalement d'un vert éclatant en ce début de printemps, étaient tavelées. Les écorces étaient friables. Les deux patrons de la Guilde prélevèrent, grattèrent la terre, sentirent les troncs, mesurèrent les feuilles et secouèrent leur crinière blanche. JMJ sortit de sa poche des notes et des résultats d'analyses, des listings et des photos en gros plans.

— Ton avis, James ?

— Très étrange. Aucune floraison en cours, alors qu'on est en avril. Le processus de « mise en sommeil » s'accélère, on dirait. Il est plus marqué que lors du dernier relevé que tu m'as envoyé.

— Jeannot, de quand date l'arrêt de la croissance des feuilles, quand l'as-tu remarquée ?

— Il y a un mois.

— Un mois… et déjà dans cet état… O.K. On file à Brémontier-Merval. Leur verger est également touché. On te tient informé.

— Merci monsieur Théophraste…

— Aris' !

Le vieux fou donna l'accolade à Jeannot, pivota vers la pente et fila comme un courant d'air vers le parking.

Ils arrivèrent devant la Juvaquatre.

Aris' et JMJ se regardèrent au-dessus de l'auto. Leurs antennes se déployèrent pour une conversation muette. Leur inquiétude était très perceptible. Emma sentit que le sujet leur échappait.

— Vous n'avez aucune idée de ce qui est à l'œuvre, n'est-ce pas ?

— Aucune.

— Et ça vous rend nerveux…

— Oui.

En voiture, Simone ! L'attelage se remit en marche.

Le trajet ne ressemblait pas au précédent, l'ambiance était lugubre.

Jusqu'à ce que Lucas osât une remarque :

— Excusez-moi, messieurs, mais on déjeune quand ? Je ne veux pas casser la dynamique de l'enquête, mais il est presque 15 heures et j'ai l'estomac dans les talons. Vous n'avez pas faim, vous ?

— Attrape le panier en osier qui est derrière toi, dans le coffre.

Lucas s'exécuta et ouvrit le cabas. Il se mit à saliver comme deux cents bassets artésiens. Aris', qui annonçait le menu depuis l'avant, avait bien fait les choses.

— Sandwich au camembert, au pont-l'évêque, au Livarot et au jambon fumé, légumes croquants, pomme et jus de pomme, poire Comice, brioche et pain frais...

Emma et Lucas descendirent en piqué sur le pique-nique puis transférèrent ce qui restait à l'avant.

La mastication devint la bande-son du reste du voyage. Les odeurs de camembert emplissaient la voiture. Lucas poussa des petits soupirs d'aise. Emma bénissait la fin de son calvaire alsacien.

Au bout de quarante minutes de route, le château de briques rouges du lycée agricole de Brémontier-Merval apparut.

C'était très beau.

Le champ de mines qui allait précipiter les enquêteurs de la Guilde aux portes de l'enfer luisait doucement dans le soleil d'avril.

9
ALERTES

— Donc, comme vous le voyez, cette section du verger comporte nos pommiers les plus rares, remarquablement mis en valeurs par Fernand Bazerque, l'un de nos plus éminents pomologues... Douze variétés de la région qui constituent un fantastique patrimoine génétique et végétal...

La vingtaine d'étudiants qui suivaient le cours de technique cidricole faisait cercle autour de leur enseignant. Les rangées de pommiers scintillaient. Leurs fleurs blanches illuminaient la campagne normande. Cinq filles, quinze garçons, dont deux jeunes Asiatiques. Les quatre de la Guilde se tenaient à distance, ne voulant pas troubler la séance. Ils furent cependant apostrophés par le professeur, un homme solide d'une quarantaine d'années, au visage avenant et bronzé, et à la voix forte.

— Approchez, approchez, n'ayez pas peur. Aristote, je suis ravi de ta présence. J'imagine que tu vas me présenter à l'immense Jean-Marie James Ecolloyd et à Emma et Lucas ? Je me trompe ?

— Dans le mille, Émile ! Mais je t'en prie, termine avec tes étudiants...

— Nous en avions fini. Jeunes gens, je vous confie Emma et Lucas pour que vous leur fassiez les honneurs du verger pendant que je m'entretiens quelques instants avec mes deux éminents confrères.

Emma et Lucas furent aspirés par le groupe et échangèrent bises et poignées de main. Les deux derniers à venir les saluer étaient les deux jeunes Asiatiques. Timides, ils s'inclinèrent avec cérémonie devant les nouveaux venus et se présentèrent :

— Nous sommes Mu Lin et Meï Tan Ho, étudiants chinois en stage d'un an à Brémontier, détachés de l'Institut populaire de biologie appliquée de Shanghai. Nous sommes très honorés de vous être présentés.

Leur français était parfait, leur accent méchamment prononcé.

— Nous le sommes également, répondit Lucas, qui leur adressa un clin d'œil et une tape sur l'épaule.

Les deux jeunes gens haussèrent un sourcil et sourirent – ah, ces Français ! – et lui donnèrent une accolade en retour. À en juger par les regards que leur jetaient leurs camarades, les deux Orientaux semblaient bénéficier d'un certain respect dans le groupe. Une jeune fille – Bénédicte – murmura à Emma que les deux représentants de l'Empire du Milieu étaient des bêtes de course en botanique. Leurs connaissances, leur intelligence et la manière dont ils synthétisaient les nouvelles informations tenaient du prodige. « Et, en plus, ils sont adorables, non ? »

Lucas se laissa entraîner par ses nouveaux collègues, Emma fila avec Bénédicte vers le flanc ouest.

Pendant une grosse demi-heure, ils parlèrent pommes, cultivars, maladie dans les vergers – Mu Lin et Meï Tan Ho assurèrent à Lucas qu'ils allaient se pencher sur la question –, jeux vidéo, et mycorhize. La mycorhize? Cette relation symbiotique qui unit l'arbre et son champignon, mon ami. Le champignon puise dans le sol les nutriments utiles à l'arbre qui, en retour, lui offre des sucres qu'il produit par photosynthèse. Un *deal* vieux comme les forêts – qui apparaissent dès le Dévonien, il y a 360 millions d'années – et qui tient encore aujourd'hui, signe évident de la qualité de l'accord !

— Et l'Internet des arbres ? La communication entre les végétaux, vous en parlez en cours ? demanda Emma qui n'oubliait pas son futur sujet de thèse !

— De temps en temps. Mais nous sommes plutôt orientés sur la notion de conservation des espèces de pommiers et de poiriers, sur les techniques de taille et de production, et sur le cidre. Pour les concepts plus pointus, Mu et Meï seront de meilleurs clients que moi, prévint Bénédicte – appelle-moi Béné ! – dans un sourire.

Lucas vit au loin JMJ qui leur adressait un signe discret. L'heure de remettre le cap sur le Jardin des Plantes. Échanges de numéros de téléphone – Lucas testa le numéro de Mei pour s'assurer qu'il ne s'était pas trompé – et promesses de se contacter mercredi pour se retrouver à Rouen. On conclut l'échange par des salutations à l'occidentale et à la chinoise ; on s'embrasse et on s'incline, on se congratule et on se quitte. Le trajet retour est un long commentaire de JMJ sur ce qu'ils venaient de voir. Le flanc ouest du verger de Brémontier-Merval était frappé du même mal que le verger du Vallon, Emma s'en était aperçue aussi. Aucune floraison. Des feuilles plus petites, comme stoppées dans leur croissance par un sort de sorcier.

Pourtant, aucun parasite ne semblait être en cause. Les racines mises à nues que leur avait montré Émile au microscope présentaient leur visage habituel. Elles étaient logiquement associées à leurs champignons amis, des gloméromycètes bon teint, tout ce qu'il y a de plus classique.

Alors ?

Alors rien.

JMJ était perdu. Aristote aussi.

Moins d'une heure après, ils étaient de retour à Rouen.

Ils prirent leurs quartiers dans leur appartement. Ils découvrirent un dédale de cinq pièces situé à l'arrière du Jardin des Plantes, impasse Dufay, au dernier étage d'une vieille maison. Quatre mètres sous plafond, des demi-niveaux à la pelle – il fallait systématiquement monter ou descendre une volée de marches quand on changeait de pièce – et des vieux meubles en bois presque noir qui tranchaient sur les murs blancs passés à la chaux. Emma adorait. Lucas aussi.

— Ce soir, nous dînons dans l'Orangerie avec la délégation chinoise et une douzaine de spécialistes des pommes. Heure d'envol des fourchettes : 19 heures, les Chinois et les chercheurs mangent tôt.

— J'aimerais aller faire un tour au verger du Jardin avant, Aris', tu crois que c'est possible ?

— Je sais que c'est possible. Il faut que cela soit possible. Je ferais sauter la porte au bazooka pour que ce soit possible !

— Je ne t'en demande pas tant !

Aris' le Dingue lui décrocha un sourire de compétition.

Deux heures et demie plus tard, ils étaient tous à table. Vingt-cinq convives qui dévoraient des salades et des poissons fumés, des petits pains aux céréales et des œufs de cailles. Un brouhaha emplissait l'immense espace de l'orangerie. Les conversations roulaient et rebondissaient, l'atmosphère était savante et conviviale.

Lucas était placé en bout de table, à côté de Yao Bu, un jeune homme sympathique, qui parlait un français très correct. Il était botaniste et devait comprendre comment acclimater certaines plantes normandes dans le futur jardin botanique de Ningbo.

Emma, elle, était coincée entre Aris' et Kemper D. Smith, un chercheur en environnement de la Duke Kunshan University, une faculté américano-chinoise localisée en Caroline du Nord, à Durham, et à Kunshan, près de Shanghai. En face, un homme très discret, au regard acéré, semblait scanner tous les échanges et suivre toutes les conversations à la fois. Ses yeux croisèrent ceux d'Emma. Il lui sourit très aimablement.

— Je m'appelle Liu Yi, mademoiselle. J'ai été invité à me joindre à cette prestigieuse délégation, ce qui est un grand honneur pour le modeste passionné d'orchidées que je suis.

— Enchantée de vous rencontrer. Je m'appelle Emma. Et nous sommes, nous, invités, avec mon ami Lucas, qui trône là-bas, en bout de table, à suivre les travaux des chercheurs qui travaillent sur l'exposition « La pomme dans tous ses états ». Le directeur et son adjoint Luis nous ont dit que la ville de Ningbo allait créer un grand parc avec le concours du Jardin des Plantes de Rouen, c'est dans ce cadre que vous êtes là ?

— Oui. Il y a dans la serre tropicale de très beaux spécimens d'orchidées. J'aime cette immense famille qui regroupe plus de 25 000 espèces…

Le chercheur de la Duke University s'invita dans la conversation, tout accent américain dehors :

— Ne vous fiez pas à sa modestie, *young lady*, Liu Yi est un très grand botaniste ! *A big boss !*

— Vous me flattez…

Emma sentit son téléphone vibrer dans sa poche. Elle s'en saisit et regarda discrètement sous la table l'origine et la teneur du message.

C'était Flavie.

« Le téléphone de Lucas s'est fait zombifier. Quelqu'un l'a placé sur écoute et toutes ses données sont aspirées en temps réel. Le tien est clean, a priori. Je ne sais pas où vous avez encore foutu les pieds, mais les opérateurs sont fortiches ! Faites gaffe. »

Ella accrocha le regard de Lucas par-dessus les bouteilles et les plats.

Elle envoya un code 7, urgence absolue.

Les sirènes retentirent et hurlèrent entre leurs quatre yeux.

10
CONTRE-MESURES

Lucas parlait au téléphone avec Flavie, à l'extérieur de l'Orangerie.

Il avait vu le message et emprunté le portable d'Emma.

Il jeta des coups d'œil incessants à son amie, prise en étau entre Kemper D. Smith qui lui parlait du Kazakhstan – « Tous les pommiers du monde viennent d'un seul et même endroit, Emma, un réseau de forêts coincées dans les monts Tian Shan, à la frontière du Kazakhstan et de la Chine » – et un Liu Yi fort affable qui lui pelait une poire.

Rejoindre Lucas, parler à sa sœur. Immédiatement, bon sang !

Lucas enchaînait les questions, Flavie répondait du tac au tac :

— Quand est-ce que tu as détecté la mise sur écoute ?

— Il y a deux heures.

— Tu es sûre de toi ?

— J'ai tout revérifié six fois, avalé une choucroute aux champignons noirs immangeable et me voilà.

— Et donc, tu n'as pas pu remonter jusqu'à la source ?

— Non, et ça ne risque pas d'arriver. Tous les signaux partent dans les sables noirs du Dark Web. Et si j'y vais, je vais me faire tracer, c'est certain.

— On fait quoi ?

— Vous, je ne sais pas, moi je vais me coucher !

— Tu rigoles ?

— J'ai une choucroute sur l'estomac et besoin d'une nuit de sommeil pour y survivre. Continue à utiliser ton portable pour les appels courants et tes recherches « non sensibles », qu'ils ne se doutent pas qu'on les a repérés. Et demande à JMJ de t'attraper un mobile anonyme demain matin, pour nos échanges confidentiels.

— Mais…

— Y a pas de « mais » beau gosse. Je vais vomir et me coucher !

— Bon, ben ciao…

Lucas raccrocha, Emma arriva. Elle avait la bouche pleine, le menton qui luisait. Le jus de la poire lui coulait dans le cou et la chatouillait. Elle déglutit, avala sa dernière bouchée de Comice.

— Alors ?

— Elle n'a rien pu faire. Elle a peur d'être détectée si elle remonte plus loin vers la source. Elle m'a dit avoir besoin de dormir… ton père a failli la tuer avec une nouvelle choucroute, une choucroute aux champignons noirs.

— C'est pas vrai, mais quelle plaie ! Ma mère doit être absente…

— Tu crois que c'est une vengeance ? Un coup tordu signé Hookman ?

— Je ne sais pas, Lucas. Des mois et des mois après, ce serait étrange… D'un autre côté, je ne vois pas bien ce que ça pourrait être d'autre…

Une silhouette s'avança vers eux. C'était Liu Yi.

— Bonsoir Lucas… Emma m'a fait de vous un portrait avantageux. Je suis ravi de vous rencontrer.

— Lucas, je te présente Liu Yi, un grand spécialiste des orchidées et un véritable gentleman.

— Bonsoir monsieur. Très honoré.

— Vous avez l'air soucieux, jeune homme ?

— Oui, oh, ce n'est rien… rien de bien sérieux en tout cas, quelques petits problèmes personnels qui seront vite réglés…

— Si je peux vous être d'une aide quelconque, n'hésitez pas une seconde. Je suis votre obligé. Deux adolescents qui consacrent leurs vacances à la botanique figureront toujours en haut de ma liste de priorités…

— C'est très gentil de votre part monsieur.

— Je vous en prie. Les jardiniers m'ont gentiment installé une petite chambre/laboratoire dans la serre tropicale. Ma porte sera toujours ouverte pour vous.

Et, comme l'on dit à Pékin : « On reconnaît les bonnes sources dans la sécheresse et les bons amis dans l'adversité. »

Liu Yi s'inclina avec élégance. Liu Yi ÉTAIT l'élégance. Taille moyenne, visage fin, traits vifs et expressifs, il avait des yeux très noirs qui pétillaient d'intelligence et de gentillesse. Son crâne était surplombé de cheveux formidablement épais et bien peignés. Ajoutez à cela un sourire d'une extrême douceur, des mains de pianiste et un port de tête altier, et vous aurez un aperçu du bonhomme. Liu Yi était vêtu d'un costume sur mesure bleu nuit impeccable et d'une paire de bottines en cuir noir vraiment très classes. Lucas se dit qu'il était le genre d'homme qu'on rêvait d'avoir pour ami. Fin, cultivé, visiblement bienveillant sans être intrusif, doté d'un charisme évident dont il n'abusait pas... Lucas fut immédiatement sous le charme et s'inclina à son tour.

— Liu Yi, vous êtes un gentleman et nous acceptons votre proposition.

L'Élégance lui sourit et prit congé. L'Élégance avait la démarche souple du lynx. L'Élégance leur envoya un petit signe de la main et disparut dans la nuit.

— Sacré bonhomme.

— Il m'a pelé une poire et l'a découpée pour en faire une fleur... Il a ôté tous les pépins avec la pointe de son couteau, d'un seul geste...

— Je vais m'entraîner... Bon, recentrons-nous. Il faut qu'on parle à JMJ et au fou du volant, vite fait.

— Oui. Retournons à table. Je glisse un mot à Aris' et toi à JMJ. On traîne dix minutes, histoire de ne pas passer pour des malpolis, et on se retrouve à l'appart' pour débriefer.

Emma et Lucas repartirent vers l'Orangerie et mirent leur plan à exécution.

Une fois mis au courant, les deux patrons de la Guilde restèrent silencieux quelques instants. Puis JMJ édicta les nouvelles règles de la Guilde en temps de guerre.

— On ouvre l'œil et on n'aborde les sujets sensibles qu'oralement. On fait venir le major Towsend avec de l'équipement approprié. Tout ce qui est découvert est amené chez toi, Aris', et tu mets Jeanne en alerte sans la faire venir pour le moment. Emma, tu prends ce téléphone et tu demandes à Flavie de nous préparer un topo sur les dernières nouvelles concernant Hookman. Est-il aux États-Unis, ailleurs ? A-t-il remonté des entreprises ? Que fait-il de ses journées ? Toutefois, attention à ne pas trop se focaliser sur lui, au risque de ne pas voir, peut-être, notre véritable ennemi, qui serait tapi dans l'ombre. Pour le reste, on poursuit le programme prévu. Emma, Lucas, vous travaillez avec les chercheurs sur l'exposition et vous consolidez vos relations avec la délégation chinoise. Ces gens sont remarquablement bien formés et courtois, et ils pourront peut-être nous aider en cas de problème, maintenant ou plus tard, en Chine ou ailleurs. C'est clair pour tout le monde ?

— Limpide JM'. Mais vous avez parlé d'équipement approprié concernant le major Towsend. À quoi faisiez-vous allusion ?

Lucas imaginait des mitrailleuses et des pistolets automatiques, Lucas s'envisageait en commando des SAS prêt à prendre le maquis.

— Téléphone à encryptage génétique, séquenceur d'ADN portatif, mini-drones, jumelles de vision nocturne.

— Pas d'armes ? fit Lucas déçu.

— Le major Towsend est une arme de destruction massive à lui tout seul. C'est notre intelligence qui nous sauvera. Pas la violence des armes. La Guilde est fondamentalement non violente, pacifique et respectueuse de toute vie.

Ces bonnes paroles marquèrent le signal du coucher.

Emma entra dans sa chambre pour téléphoner à sa sœur. Lucas fila dans la salle de bains pour se brosser les dents. Aris' prit la clé des champs.

Les lumières de l'appartement s'éteignirent une à une.

Ils étaient arrivés à Rouen depuis moins de quatorze heures.

La Normandie faisait plus que tenir ses promesses.

Quelques mètres plus bas, les pommiers du verger conservatoire frissonnaient sous un vent léger orienté sud-sud-ouest.

11
LA PORTE LA MIEUX FERMÉE EST CELLE QU'ON PEUT LAISSER OUVERTE

(Proverbe chinois)

Frais, dispos, les idées claires. Après un dimanche chômé – Lucas avait juste fait une longue promenade dans le jardin avec Liu Yi –, Emma et Lucas attaquèrent cette nouvelle semaine en pleine forme. Ils venaient de terminer un solide petit-déjeuner et se rendaient au Pavillon en remontant l'allée. S'ils surplombaient le verger de leurs fenêtres, ils étaient obligés de faire le tour du mur d'enceinte pour accéder au jardin. Ils poussèrent la porte du bâtiment, traversèrent le bureau de Luis – absent – et pénétrèrent dans la salle de conférences. Une dizaine de chercheuses et de chercheurs, stylos coincés sur l'oreille ou craies en main, étaient déjà à pied d'œuvre. Les contours de l'exposition étaient tracés, les groupes de travail constitués.

Emma et Lucas saluèrent l'assemblée.

L'assemblée, comme un seul homme, leur renvoya leur salut.

Kemper D. Smith fit signe à la jeune fille de rejoindre son club, lequel travaillait sur les origines de la pomme et le pommier primordial : *Malus sievirsii,* le Kazakh des monts Tian Shan, l'Arbre Premier. Ici, on abordait les caractéristiques génétiques de l'arbre, mais aussi la multitude de mythes anciens associés à sa diffusion planétaire.

De grandes photos aériennes de la forêt primaire étaient accrochées sur un chevalet. Emma ouvrait de grands yeux. Les pommiers kazakhs étaient des géants. Le savant commenta les clichés :

— Certains peuvent atteindre trente mètres. Et ces arbres, à l'origine de tout, ont développé des résistances immunitaires uniques que nous étudions mais que nous ne comprenons pas encore. À chaque fois que je pense à cette forêt dont les rejetons peuplent désormais la Terre entière, je suis saisi de vertige…

— Savez-vous, Emma, que les premières « sélections » des pommes les plus savoureuses n'ont pas été réalisées par des hommes mais par des ours ! Ces animaux revenaient aux pieds des arbres dont les fruits étaient les meilleurs et transportaient dans leurs excréments leurs graines qu'ils ont ensuite disséminées. Cette anecdote démontre deux choses. D'abord que la qualité des interactions diversifiées entre espèces vivantes est manifeste…

— Et ?

— Et ensuite que les ours ont bon goût !

Emma pouffa. Emma adorait ce genre d'histoires…

— C'est fascinant, murmura-t-elle. Je peux vous poser une question ? Comment un homme tel que vous s'est retrouvé embarqué dans cette exposition ? Je veux dire, vous devez être très sollicité et la Caroline du Nord n'est pas exactement voisine de Rouen…

— Liu Yi m'a contacté pour me dire qu'il viendrait en Normandie avec une délégation de Ningbo pour travailler sur la création d'un jardin botanique en Chine et que, au même moment, des chercheurs se retrouveraient pour participer à l'élaboration d'une grande exposition sur la pomme. Nous nous connaissons depuis que je suis allé explorer la forêt primaire du Kazakhstan, projet qu'il a facilité, et il m'a proposé de plaider ma cause pour que je puisse intégrer le pool des chercheurs. J'ai naturellement accepté !

— C'est une chance pour l'exposition, et une chance pour moi…

— Plaisir partagé Emma…

Lucas, lui, flâna et musarda pendant quelques minutes et jeta son dévolu sur un groupe de quatre chercheurs – dont deux étaient des chercheuses – qui étaient chargés de documenter l'aspect économique du fruit.

Il avait quelques billes sur la question et pensait pouvoir apporter son écot à la discussion. Il se présenta

– mais tout le monde le connaissait déjà – et s'immisça dans le ping-pong argumenté des chercheurs. Il brillait. Ses connaissances sur le marché mondial de la pomme faisaient mouche. Son laïus sur le PIB de l'Éthiopie emporta l'adhésion et la sympathie.

JMJ était parti alors qu'ils se levaient à peine.

Où ?

Mystère ! Il avait juste promis de ramener un téléphone « propre » à Lucas.

La matinée passa vite, studieuse, passionnante, riche d'échanges et de nouvelles connaissances.

Luis les rejoignit vers midi, les chaussures pleines de terre et la mine réjouie.

Il préparait le jardin pour le festival. Il bichonnait ses massifs avec les jardiniers.

Lucas alla le saluer et aperçut par la fenêtre un groupe de personnes âgées cornaquées par un jeune couple athlétique. L'homme tenait à la main un drapeau américain et faisait des bulles avec son chewing-gum ; la bannière étoilée claqua muettement dans le vent et la sphère sucrée éclata sur sa lèvre supérieure. Luis suivit son regard.

— Des vétérans de la seconde guerre mondiale. Il y en a beaucoup qui sillonnent la Normandie à partir du printemps. Le D-Day est un monument national aux États-Unis, le symbole du sacrifice d'une génération entière pour la liberté et les idéaux démocratiques.

— Nous sommes assez loin des plages du Débarquement pourtant...

— Certes, mais au-delà du 6 juin, c'est toute la bataille de Normandie qu'ils viennent honorer. Une des pires et des plus sanglantes de la guerre.

Lucas opina du chef. De voir l'extérieur lui donna des fourmis dans les jambes. Il décida de faire une pause en rendant une petite visite à Liu Yi l'Élégance.

— Je reviens...

Il sortit du Pavillon. L'attelage au drapeau avançait à faible allure. L'homme avait passé le flambeau à sa compagne et avait disparu. « Même les Américains vont aux toilettes », se dit-il en souriant. Il bifurqua, traversa la serre au cadran et fila vers la chambre/laboratoire de son nouvel ami. Il remonta une allée en courbe, ombragée et discrète, qui l'amena à son objectif. À sa droite, la serre tropicale, à sa gauche, les sept serres de mise en culture et le Palmarium.

Au moment où Lucas s'engagea dans le sentier conduisant à la porte, le jeune Américain en sortait! Lucas, d'un mouvement réflexe, s'enfonça dans un massif. Il l'entrevit entre les branches, toujours mâchant un chewing-gum. Il jetait des coups d'oeil furtifs alentour puis enleva prestement des gants de chirurgien qu'il mit dans sa poche.

Très étrange, voire extrêmement zarbi!

Lucas s'enfonça encore dans le mur végétal, en douceur et sans bruit. Il se fit absorber par les plantes, il se fit digérer par elles. Des aiguilles lui piquaient le dos et le cou.

L'Amerloque partit en petites foulées et passa devant lui sans même jeter un œil dans sa direction. Lucas compta jusqu'à quinze et risqua un œil hors de son abri. Le beau gosse avait retrouvé son groupe et son drapeau, et murmura à l'oreille de sa compagne. Elle sortit un téléphone et prit du champ. Elle se lança dans une conversation inaudible mais visiblement agitée.

D'extrêmement zarbi à inquiétant ?

Lucas fonça vers la serre et tenta d'ouvrir la porte. Peine perdue. Elle était en verre blindé et munie d'une serrure à code. Donc, soit *GI Joe* avait la combinaison, soit il avait craqué le code.

Prévenir Liu Yi de l'intrusion, à tout le moins, lui demander si l'homme était avec lui.

Il tambourina au carreau. Le son était assourdi par les quatre centimètres de verre Securit.

Liu Yi avait l'ouïe fine. Il sortit quelques secondes plus tard de la remise et vint à sa rencontre en souriant. Il lui ouvrit.

— Comment allez-vous mon cher Lucas ?

— Bien, très bien, merci… Et vous ?

— J'ai passé une excellente nuit…

— Je viens de voir un grand gars baraqué sortir de la serre. Il portait des gants en latex…

Le regard de Liu Yi se voila un instant.

— Oui, un Américain sans gêne qui souhaitait cueillir une orchidée pour son amie. Autant te dire que je l'ai mis dehors.

— Pourquoi portait-il des gants ?

— Pourquoi les Américains sont-ils des Américains ? Ce peuple est un mystère ! J'espère qu'il ne voulait pas m'assassiner en tout cas ! Allez, laissons là ces cow-boys et venez avec moi que je vous montre quelques orchidées dont vous me direz des nouvelles.

Lucas sourit.

Lucas entra.

Fausse alerte.

Fausse alerte, vraiment ?

Il était loin d'en être convaincu.

12
PARANOÏA

Lucas n'avait pas trop traîné chez Liu Yi. Lucas avait un pressentiment. Il était aiguillonné par les infos de Flavie et par les gants de chirurgien. Il voulait en parler à Emma. Sur le chemin qui le ramenait au Pavillon, il chercha du regard le groupe d'anciens combattants, invisible, et il construisit des hypothèses qui s'effondraient. Il échafaudait des scénarios idiots. L'Américain voulait étrangler Liu Yi, Liu Yi travaillait avec l'Américain, l'Américain voulait voler des données appartenant à Liu Yi. *GI Joe* voulait empoisonner des plantes. Liu Yi avait déjoué ses plans. Liu Yi était un faux botaniste et un vrai guerrier ninja.

Liu Yi !

Qui était en train de devenir son mentor…

En trois rencontres, l'Élégance l'avait conquis.

L'ami des orchidées lui avait fait tourner la tête avec des explications de haut vol vulgarisées avec panache. Liu Yi s'était étonné de l'étendue du savoir de Lucas, il avait loué l'intelligence de ses raisonnements et sa maturité. Liu Yi lui avait aussi parlé défense de l'environnement et fragilité du vivant, avec sensibilité et drôlerie. Il s'était ouvert – un peu – sur une confrérie secrète qui aurait fait de la défense de la biodiversité son combat prioritaire en Asie.

Dont il ferait peut-être partie.

Une Guilde à la sauce chinoise ?

Peut-être bien.

Lucas avait juré le secret. Il savait l'importance d'avancer dans l'ombre. La sauvegarde de la nature était un sport de combat et leurs adversaires pouvaient être de redoutables salauds. Il ne dirait rien.

Lucas était resté muet sur la Guilde.

Sa promesse à JMJ était solide et inviolable.

Lucas craignait pour la vie de Liu Yi. Et si le « cow-boy » voulait vraiment l'assassiner ?

Il s'obligea à chasser cette pensée de son esprit et accéléra. Il arriva pour voir la troupe de chercheurs s'égayer.

Pas de crinière rousse dans l'aréopage qui partait déjeuner.

Emma ?

Elle était avec Luis, à l'intérieur, lui dit-on.

Il scruta de nouveau le parc et avisa le groupe *US* désormais stationné autour de la pierre viking.

Une idée.

Une impulsion.

Il longea les bassins à grandes enjambées et s'agrégea discrètement au bataillon, comme un promeneur égaré. Il fit ami-ami avec deux adorables mamies, posa quelques questions à voix basse dans un anglais approximatif et, satisfait, repartit vers le Pavillon.

En chemin, il manqua de percuter Yao Bu qui émergea d'une haie. Le jeune botaniste lui adressa un sourire franc et des excuses ciselées. Décidément, ce peuple avait le sens de la courtoisie. Lucas prit congé en s'essayant à son tour à la délicatesse – « Être percuté par vous aurait été un honneur Yao Bu » – qui le fit se sentir ridicule, puis promit de venir le voir très bientôt.

Yao Bu s'inclina, amusé, le regard pétillant.

Lucas arriva devant le Pavillon et y entra à la recherche de ses amis, ne les trouva pas et cria leurs noms. Un faible écho provint du sous-sol : « Nous sommes en bas ! »

Où était la porte qui menait au sous-sol ? Sous un escalier qui partait vers le premier étage, il ouvrit ce qu'il pensait être un placard à balais et découvrit un escalier raide comme la justice qui partait en direction de la cave.

Une ampoule nue éclairait mal les marches en pierre luisantes d'humidité.

Il s'engagea dans le colimaçon, manqua de glisser et se raccrocha de justesse à la rampe – un simple tube en fer rouillé – chevillée à même le mur.

Il arriva en bas et découvrit une cave voûtée gigantesque, percée d'alvéoles qui étaient autant de pièces immenses. Du matériel usé s'y entassait. Des pots en terre par milliers, du vieux mobilier de jardin, des brouettes cassées et des vieilles bottes.

— Nous sommes là.

Lucas suivit la voix. Troisième à gauche. Une nouvelle pièce. Avec de grandes tables de mise en culture délabrées et vermoulues, et une lumière chiche qui provenait d'un soupirail.

Luis était au commentaire.

— Lucas, enfin te voilà… Je disais à Emma que ces caves font la superficie du Pavillon, pas loin de 500 m^2. On y va moins aujourd'hui, mais pendant longtemps, cet endroit était utilisé comme remise prioritaire par les jardiniers. Venez, je vous montre les anciennes installations de dessiccation des graines.

Ils repartirent, inspectèrent un vieil appareil complètement déglingué dont les fluides s'étaient échappés depuis longtemps. La visite continua pendant quelques minutes, puis Luis leur dit qu'il devait filer pour déjeuner avec Yao Bu et deux de ses collègues. Juste avant l'escalier, un bruit d'eau. Emma s'arrêta, dressa l'oreille et se pencha pour découvrir une sorte de tunnel haut d'à peine un mètre.

— Qu'est-ce que c'est ?

— Un dispositif d'urgence pour évacuer le trop-plein d'eau en cas de fortes pluies, et je pense que cette canalisation doit s'arrêter sous la pelouse, aux limites du jardin. Personnellement, je n'y suis jamais allé et je ne connais personne qui l'ait fait. Ça doit être plein de rats…

Emma et Lucas firent la grimace. Emma et Lucas se remirent en mouvement dans les pas de Luis.

La surface.

Le grand jour.

À l'appartement, ils retrouvèrent JMJ et Aris' en plein conciliabule.

Le premier donna à Lucas un téléphone noir et une petite fiche avec les codes d'accès. Le second les gratifia d'un grand sourire et les prit dans ses bras. Il avait troqué son survêtement et ses santiags pour des mocassins orange et un ensemble en coton rouge vermillon constitué d'un pantalon cigarette très serré, d'un gilet rouge sur chemise blanche et d'une redingote rouge échappée d'un film de Tim Burton et il avait noué ses longs cheveux blancs en catogan.

Ultrachic ou ridicule ?

Emma pencha pour chic, Lucas pour ridicule.

Lucas leur parla des Américains. Ce n'était sans doute rien, mais vu le contexte, chaque détail pouvait avoir son importance. JMJ ne sembla pas croire à cette piste. Emma non plus. Les explications données par Liu Yi à Lucas leur paraissaient solides. C'était une voie de garage, selon eux. Rien ne servait de s'éparpiller dès qu'un de leurs contemporains faisait quelque chose de bizarre, sans quoi, ils se perdraient dans la folie des hommes. Lui se dit que c'était aller un peu vite en besogne. Il gardera un œil ouvert. Secrètement. Il téléphona ensuite à Flavie avec le portable anonyme et déclencha le haut-parleur. Du neuf? Oui, ceci : Hookman est hospitalisé depuis deux mois à l'hôpital Cedars-Sinai de Los Angeles pour une tumeur au cerveau bien méchante. Mauvais pronostic. Difficile de l'imaginer à la manœuvre dans ces conditions.

Regards.

Mise en perspective.

La vengeance d'Hookman vit sa cote s'effondrer.

Qui avait mis Lucas sur écoute, alors ?

Lucas poursuit sa conversation, avec Flavie toujours : et sinon, quoi d'autre ? Rien. « Je réfléchis à la meilleure manière d'avancer sans me faire remarquer et, vu le professionnalisme du hack sur ton portable, je préfère être prudente. » O.K. Lucas raccrocha sur la promesse d'une prochaine conversation en cas de nouveauté. Ils passèrent à autre chose. Les anciens les questionnèrent sur la préparation de l'exposition. Emma leur fit un compte rendu passionné de ses découvertes sur la forêt primaire de pommiers, Lucas enchaîna sur des données chiffrées. La Chine et les États-Unis voyaient leur production s'essouffler et devaient importer plus que les années précédentes. Le marché français était stable et la qualité était là. Ils déjeunèrent sur le pouce. Emma posa sa fourchette et adressa un grand sourire au Petit Chaperon Rouge normand.

— Aristote Théophraste, je t'ai percé à jour !

Le vieux fou regarda Emma en plissant les yeux.

— Que veux-tu dire ?

— Théophraste était le disciple d'Aristote. Deux de ses livres – *De historia plantarum* et *De causis plantarum* – font de lui l'un des pères de la botanique... Tu ne t'es pas choisi le plus mauvais des pseudos, avoue ! ?

Aris' en lâcha sa fourchette. JMJ lui fit un clin d'œil sur l'air du « Je te l'avais bien dit qu'ils étaient malins ». Lucas regarda son amie avec fierté et murmura : « Aris' l'Orgueilleux ! » dans un sourire qui les fit pouffer.

— Lucas, il faut qu'on y retourne. S'il y a du neuf, vous savez où nous trouver.

— O.K.

— Bon après-midi mes amis, et profitez bien de toutes les remarquables personnes qui sont présentes. Vous n'aurez pas tous les jours un tel plateau de chercheurs sous la main ! Je m'occuperai de faire la réservation d'hôtel pour Tim et ses parents. Emma je t'enverrai la confirmation pour que tu la leur transmettes.

Ils quittèrent l'appartement en souriant, mais Lucas reprit vite le chemin de la paranoïa.

Si Hookman était au tapis, qui le surveillait ?

Qui lui en voulait ?

Le brouillard de la guerre l'enveloppa d'une ouate fétide.

Le brouillard de la guerre menaça de l'étouffer.

13
VOS PAPIERS S'IL VOUS PLAÎT !

Ils se noyaient dans le travail pour éviter de penser. Ils devenaient les auxiliaires zélés de la Pomme et du Pommier, de l'exposition et des chercheurs.

Ces derniers étaient stupéfaits par la rapidité et l'efficacité des adolescents.

Emma et Lucas disposaient désormais chacun d'un poste de travail, avec un ordinateur puissant et une connexion. Ils agrégeaient, au sein d'un espace numérique partagé, des données pour créer des fiches synthétiques qui seraient distribuées aux futurs visiteurs de l'exposition.

Ils produisaient un travail de médiation de premier ordre.

Ils emmagasinaient des connaissances.

Emma était une moissonneuse-batteuse qui avalait des tonnes d'informations, les triait et qui restituait les plus pertinentes d'entre elles sous forme de bottes de données aux contours parfaits.

Lucas maniait la statistique avec brio.

Mais il était sans cesse taraudé par une peur diffuse qui lui nouait les tripes.

Qui le surveillait ?

Il fallait qu'il agisse pour tenir ce démon à distance.

À 16 h 30, n'y tenant plus, il passa à l'action. Il se dit que son ordinateur ne devait pas être surveillé. Il fit deux ou trois recherches qui n'avaient rien à voir avec l'exposition.

Il sortit passer un coup de téléphone.

Qui lui apporta une confirmation.

Il appela Flavie et lui posa une question. Elle dit qu'elle le rappellerait dans moins d'une heure.

Il esquissa un plan qui requérait un complice.

Qui ?

Liu Yi, c'est exclu.

JMJ et Emma, idem.

Restait Aris' le Dingue, qui avait semblé moins critique que les deux autres concernant son intuition américaine.

Re-téléphone noir.

— Aris' ?

— Lucas ! Tout va bien ?

— Oui, super… Tu es avec JMJ ?

— Non, mon garçon. JMJ est parti écumer les bibliothèques et les librairies du vieux Rouen pour mettre la main sur un vieux bouquin introuvable… Tu voulais lui parler ?

— Non. C'est toi que je cherchais. Je me demandais si tu accepterais de m'emmener à Isneauville ? Je commence à saturer derrière mon écran, et j'aurais aimé jeter un œil au verger Fernand Bazerque, qu'ils ont ouvert en 2018.

— Tu es sacrément bien renseigné mon garçon et tu ne laisses rien au hasard… Décidément, vous êtes des recrues de choix, Emma et toi. J'accepte avec plaisir ! Je serai devant les grilles du jardin dans une poignée de secondes… À tout de suite.

— Merci Aris', j'arrive.

Il prit congé d'Emma de manière sibylline – je vais me dégourdir les jambes – et fila vers la sortie.

Aris' était au volant, moteur tournant, un sourire de piranha sur le visage. Lucas n'eut que le temps de monter dans la voiture avant que la Flèche Rouge démarre en laissant un paquet de gomme sur le bitume.

Les sept kilomètres entre Rouen et Isneauville furent avalés en treize minutes chrono. Le temps pour le vieux fou de faire découvrir *Space Oddity* à un Lucas émerveillé. David Bowie à son meilleur, *dixit* Aris' le Mélomane.

Lucas aima tellement qu'il demanda à réécouter le morceau.

À la fin du deuxième passage, ils étaient arrivés.

Ils laissèrent la Juvaquatre devant le collège Lucie Aubrac et entrèrent dans le verger. Le soleil embrasait les houppiers.

Les pommiers brillaient d'un éclat d'or rose presque surnaturel.

Les arbres du verger d'Isneauville étaient sains, la floraison éclatante.

Lucas partit en maraude.

Aris', saisi par la beauté tranquille du lieu, s'assit au pied d'un arbre et sortit une pomme de sa redingote dans laquelle il croqua avec gourmandise.

Lucas alla jusqu'au bout du verger.

Lucas avait sorti ses antennes et il furetait partout.

Bingo!

— Aris' ?

— Oui...

— Tu peux venir une seconde s'il te plaît?

Le grand escogriffe se déplia et le rejoignit. Avant même d'ouvrir la bouche, il avait compris. Trois pommiers sur un talus, un peu en retrait, sortaient clairement du rang. Ils étaient identiquement taillés, appartenaient à la même espèce, mais... ils n'avaient pas de fleurs, des feuilles passées entre les mains d'un réducteur de têtes Jivaro, tavelées, jaunies, et des troncs pelés. L'Ancien laissa échapper un juron.

— Merde alors...

— Comme tu dis...

— Qu'est-ce qui t'as mis sur la piste?

— L'Américain...

— Explique.

— Viens avec moi.

Lucas partit comme une flèche vers la voiture.

Cette fois-ci, il fut le premier à bord.

— On va où ?

— 133, allée du Trèfle.

— Rouen ?

— Non, Isneauville. C'est à 100 mètres d'ici, je t'indique le chemin. Tu arrêteras la voiture avant d'arriver au domaine.

Aris' le Pilote lui jeta un regard un coin : ce gamin commençait à l'épater sévère. JMJ n'avait pas exagéré.

L'As de Trèfle était en vue. Lucas demanda à Aris' d'arrêter la voiture. Une jolie bâtisse blanche nichée dans un parc arboré. Une auberge/hôtel au charme discret.

— On attend quoi ?

— Un coup de fil.

— De qui ?

— De Flavie.

Le téléphone sonna. C'était elle, ponctuelle et renseignée. Il l'écouta pendant quelques secondes. Il opina du chef et la questionna :

— Tu es sûre ?

— Certaine.

— Tu as des infos sur les remplaçants ?

— J'y travaille.

— Tu penses avoir ça quand.

— Je ne sais pas. Dans pas longtemps. Mettons dix minutes.

— Merci Flavie, tu es une perle !

— Je sais.

— Et… pour le moment, inutile de parler de ça à ta sœur ou à JMJ, j'aimerais arriver avec quelques biscuits supplémentaires…

— O.K., mais fais gaffe à toi. Ma sœur ne me le pardonnerait jamais s'il t'arrivait quelque chose.

— Ne t'inquiète pas, je suis entre de bonnes mains.

Lucas fit un clin d'œil à Aris' et raccrocha.

— Alors ?

— Alors, on attend dix minutes.

— Tu ne peux rien me dire ?

— J'attends d'avoir…

— … des biscuits supplémentaires, je sais.

Aris' et Lucas s'enfermèrent dans le silence. La tension montait. Les secondes devenaient des heures, les minutes des semaines. Puis, à nouveau, l'appareil de Lucas stridula. Il décrocha avant même la fin du premier carillon. Il écouta. Ses yeux s'agrandissaient. Il devint pâle. Aris' vit dans la transformation du jeune garçon tous les signes d'une panique qui progressait vite. Lucas dit merci dans un souffle et raccrocha machinalement. La main du vieil homme vint doucement se poser sur son épaule.

— Qu'est-ce qui se passe Lucas ?

Lucas déroula son texte d'une voix blanche, les yeux perdus dans le vide :

— Nous sommes garés devant l'hôtel où loge le petit groupe d'anciens combattants vu au Jardin des Plantes qui s'est inscrit à un voyage organisé par la puissante American Legion… Je me suis renseigné sur l'endroit où il logeait auprès de deux mamies dans le parc ce matin…

Le poids de la main d'Aris' se fit plus lourd, sa voix plus douce et rassurante.

— OK… mais cela n'a rien d'extraordinaire… L'American Legion est la plus grande association d'anciens combattants des États-Unis et elle organise des centaines de voyages de ce genre chaque année par ici…

Lucas ne semblait pas avoir entendu, il poursuivit, voix monocorde, robotisée :

— Les deux accompagnateurs qui étaient pressentis pour encadrer le groupe ont été « empêchés » quelques jours avant le départ. Accident de voiture pour le premier, intoxication alimentaire pour le second. Remplacés au pied levé par Sarah Lake et Peter Lunceford…

Aris' retint sa respiration. Il savait que quelque chose de plus gros allait arriver.

— Sarah Lake est morte le 17 avril 1997 à Nashville, Tennessee, tuée par un rôdeur et Peter Lunceford est un retraité de 84 ans qui coule des jours paisibles en Floride…

— C'est peut-être des homonymes…

— Flavie a remonté numéros de sécurité sociale et de passeports. C'est bien eux. Et tu avoueras que Peter Lunceford, 84 ans, ne correspond pas vraiment à Lunceford Peter, présentement sur la terrasse de l'As de Trèfle en train de parler à Lake Sarah, morte à Nashville en 97…

Aris' braqua son regard sur la façade du domaine. Un jeune homme élancé et athlétique, lunettes miroir sur le nez, parlait avec une ravissante blonde d'un mètre soixante-quinze.

Ils étaient beaux.

Ils étaient musclés.

Ils irradiaient de puissance contenue et de force sauvage.

Aris' le Calme sortit tranquillement son téléphone de sa poche et composa un numéro : « James, saute donc dans un taxi et rapplique à Isneauville, nous avons un problème. »

14
LES DUPONT

JMJ les rejoignit EN MOINS de treize minutes. Le chauffeur de taxi était un jeune Black souriant à qui il avait promis la vidéo du concert d'Ella Fitzgerald au Carnegie Hall de New York s'il pulvérisait le record Rouen - Isneauville jusqu'à présent détenu par Aris' le Pilote.

Mission accomplie : douze minutes vingt.

JMJ envoya au *taximan* le lien électronique sécurisé sur lequel récupérer le concert.

Chose promise, chose due.

JMJ était éclectique dans ses goûts musicaux.

Il adorait le jazz et le swing, le rock et la pop, le rap et Mozart.

Ils se saluèrent comme deux vieux copains et JMJ attendit qu'il ait fait demi-tour pour rejoindre ses deux amis dont il avait avisé le « rutilant » véhicule une cinquantaine de mètres plus bas.

Il se glissa à l'arrière.

— Qu'est-ce qu'on a ?

Lucas, qui avait repris du poil de la bête – je suis en train d'identifier mon ennemi, nous progressons –, le mit au courant. Les deux patrons de la Guilde se regardèrent, élaborèrent muettement un cadre d'intervention. Aris' lut dans les pensées de JMJ. Aris' vérifia sur son portable une ou deux informations.

— L'hôtel n'a pas de restaurant. On attend qu'ils sortent dîner et on leur fait le coup des services d'hygiène ?

— Tu as ce qu'il faut ?

— Oui.

Aris' démarra et retourna se garer près du verger.

Il était 18 h 45.

Les deux grands dingos suivis de Lucas sortirent de la Juvaquatre.

Aris' ouvrit le coffre, fit jouer deux petits leviers presque invisibles. Un chuintement et un deuxième coffre apparut dans le premier ! Une plaque tenue par des pistons hydrauliques se leva !

À l'intérieur, mais c'est la caverne d'Ali Baba mon ami.

Lucas avait les yeux comme des assiettes. Ces gens-là étaient des grands malades.

Des tenues pour toutes les situations.

Du matériel d'écoute sophistiqué.

Un laboratoire de chimie organique ambulant.

Les deux vieillards se mirent en caleçon. Noir brillant avec des cœurs rouges pour Aris', orange avec des tulipes noires et du feuillage pour JMJ.

Ils se glissèrent dans des costumes noirs stricts sortis du dressing secret.

Ils se muèrent en *Men in Black*.

— Tu as des pièces ?

— Dans le rabat du deuxième coffre.

JMJ sortit une pochette plastique d'un soufflet cousu sur l'intérieur de la plaque hydraulique. Il feuilleta les cartes professionnelles.

— Tiens.

— Merci.

Lucas jeta un œil sur le document plastifié qu'Aris' venait de saisir. « Serge Bourgainse, inspecteur conseil de la DGCCRF ».

La DGCCRF ? La Direction générale de la concurrence, de la consommation et de la répression des fraudes.

Les flics de la restauration et de l'hôtellerie, les pandores de l'hygiène et des normes. Grosse usurpation d'identité, un délit puni de cinq ans de prison ferme et de 75 000 euros d'amendes.

— Rappelle-moi : comment t'appelles-tu ?

— Serge Bourgainse. Et toi ?

— Hercule Reaupoid.

Lucas tilta. Les deux originaux aimaient jouer avec les noms. Prenez ceux-là et mettez-les à l'envers et vous obtenez Serge Gainsbourg et Hercule Poirot.

Brillamment ridicule et à hurler de rire si tout cela n'était pas si potentiellement dangereux.

— Je peux passer un coup de fil à Emma ?

— Oui, naturellement. Mais use de formules détournées et de périphrases. Il apparaît de plus en plus probable qu'elle est sous surveillance, elle aussi.

— O.K.

Lucas s'éloigna. Elle décrocha à la première sonnerie.

— Tu es où ? Vous êtes où, tous, qu'est-ce que vous foutez !!! ???

Elle était tendue comme une corde de piano, et très en colère. Lucas feignit la décontraction la plus totale. Lucas était le plus cool des inspecteurs de la Guilde.

— On est en balade à Isneauville, ma belle, un petit village supercharmant. Pourquoi tu ne sauterais pas dans un taxi pour venir nous rejoindre. JMJ et Aris' veulent nous inviter à dîner dans un petit restaurant génial paraît-il…

Lucas accéléra le débit et ne lui laissa pas le temps d'en placer une. Elle comprendrait que la situation tendait vers le dangereux et que les communications téléphoniques étaient maintenant proscrites.

— …Allez, ne tarde pas, tu nous trouveras au verger Fernand Bazerque, près du collège Lucie Aubrac. À tout de suite.

Lucas raccrocha. Clac. Il attendit quelques secondes. Emma ne rappela pas, n'envoya pas de sms. Emma la Maline avait compris l'urgence et le péril.

Vingt-cinq minutes plus tard, Lucas, désormais seul, entendit le moteur d'une voiture qui décélérait. Il sortit du verger et avisa une berline foncée qui venait à sa rencontre. La voiture s'arrêta et Emma en sortit. Elle paya sa course et se retourna vers lui, une légion de points d'interrogation dans les yeux. Il lui intima l'ordre de se taire, d'un doigt sur les lèvres.

Le taxi redémarra et s'en alla. Lucas attendit quelques secondes, lui demanda muettement son téléphone, l'éteignit et enleva la carte SIM qu'il lui glissa dans la main, puis balança les dernières infos.

— Les deux barjos sont en planque devant l'hôtel de nos Américains. GI Joe et sa copine sont autant accompagnateurs d'anciens combattants que tu es esthéticienne pour kangourous au zoo de Sydney. JMJ et Aris' attendent qu'ils sortent de l'hôtel pour le dîner et vont aller fouiller leurs chambres...

— Comment ? Comment ils vont faire ça ?

— En usurpant l'identité de deux fonctionnaires de la Répression des fraudes.

— Tu rigoles ?

Le regard que Lucas lui asséna la convainquit. De la véracité de ses dires. De la folie furieuse des deux pontes de la botanique

— O.K. Et ensuite ?

— En fonction de ce qu'ils trouvent, on avise et on bâtit un plan. Viens, on y va.

Ils rejoignirent les deux Apaches qui avaient planqué la Juvaquatre, allée de la Plaine, une parallèle au petit chemin qui mène au manoir de l'As de Trèfle. De là où ils étaient, ils disposaient d'une bonne vue sur l'esplanade de l'hôtel, mais étaient invisibles des chambres et du lobby. Emma découvrit avec stupéfaction la caricature de deux espions des années 1970, habillés tout en noir, avec de petits chapeaux de feutre sur le crâne. Elle pouffa. Puis se tut. Un bruit de moteur remonta la rue de l'As de Trèfle. Ils se mirent à couvert contre le flanc de l'auto aux Mille Secrets. Aris' osa un œil. Il fit le compte rendu :

— Un minibus arrive et s'arrête devant le manoir. Les anciens sortent du hall et montent à bord. Les deux athlètes ferment la marche. Ils embarquent aussi. Porte fermée. Le bus redémarre. Il fait son demi-tour. O.K.

Ils attendirent une grosse minute. JMJ tendit à Lucas une sorte de console.

— C'est relié à mes lunettes : vous verrez et entendrez tout ce qu'on verra. Et ça enregistre. On y va. Vous restez là et si quelqu'un arrive, Lucas, tu nous envoies un sms.

Sur ces dernières consignes, les deux Dupont partirent vers l'As de Trèfle en roulant des mécaniques.

Aris' balança une petite droite dans l'épaule de JMJ qui éclata de rire !

15
INSPECTION

Les résultats du fric-frac étaient mi-figue, mi-raisin, la collecte de renseignements pouvait être lue comme positive ou négative.

Au registre des plus, quelques indices supplémentaires de la duplicité probable du couple de l'American Legion avaient été découverts. Comme ce nécessaire du parfait petit cambrioleur trouvé dans la chambre de la Morte de Nashville. Au fond de la valise de Sarah Lake, Aris' avait mis la main sur une trousse noire contenant lampe-stylo, diamant de vitrier et pinces plates, jeu de clés universelles et ruban adhésif. Dans la chambre du retraité de trente ans, JMJ avait, lui, pu consulter une abondante documentation sur le Jardin des Plantes et sur les vergers de la région, posée en pile sur la table basse. Et, plus singulier encore, dans les deux chambres, sous les lits, des socles de recharges pour des postes à évasion de fréquence. En clair du matériel de transmission militaire dont les codes incassables vous mettaient à l'abri des oreilles indiscrètes.

Ce genre d'appareil ne servait pas à réserver des mini-bus pour aller visiter Gold, Juno ou Omaha, les plages du Débarquement systématiquement arpentées par les vétérans durant leur séjour normand.

Au registre des moins, l'absence de document attestant d'une mission quelconque, nulle trace d'un commanditaire, aucune mention d'un empoisonnement – par quelque procédé que ce soit – d'arbres fruitiers en terre normande. Pas de produit chimique, de fiole, ni rien de ce genre.

De drôles d'oiseaux, ça oui, mais pour le reste, on était toujours en plein brouillard.

Brouillard dont on espérait la dissipation grâce aux deux micros espions placés par les frères Chambard, l'un dans un coussin de la chambre de Sarah Clarke et l'autre dans la tête de lit de Peter Lunceford.

JMJ et Aris' avaient été impériaux dans leur rôle de durs à cuire qui passent un établissement au crible. Pénétrant dans le hall comme deux incorruptibles échappés de la brigade d'Elliott Ness, ils avaient réuni tous les membres du personnel dans le lobby – trois personnes en cette fin de journée – et le couple de patrons pour leur dire ce qui allait se passer. Leur carte tricolore tenue à hauteur des visages et les deux mètres d'Aris' avaient tout de suite impressionné. Le discours calibré du géant et sa voix forte avaient achevé de convaincre les hôteliers de leur intérêt à collaborer.

— Votre établissement nous a été signalé comme pouvant présenter d'importantes failles de sécurité au niveau des habitations, chambres *single* et suites. Nous sommes donc mandatés pour vérifier ces possibles faits délictueux – ou leur absence – et signaler tout manquement à notre administration qui saisira – ou pas – le procureur de la République de Rouen.

La patronne avait failli tourner de l'œil et le boss, un homme jovial qui ne souriait plus, semblait assister au Jugement dernier. Aris' poursuivait, le cœur serré de devoir imposer cela à ces braves gens :

— Nous allons donc récupérer des doubles de toutes les chambres et vérifier. Notre inspection durera entre 21 et 29 minutes en fonction des constatations que nous ferons. Vous comprendrez très bien que vous ne pouvez nous accompagner, du fait du risque de vous voir essayer d'entraver la bonne marche de cette visite surprise.

Net et sans bavure. On sentait bien que les deux cinoques n'en étaient pas à leur coup d'essai. Le patron s'était dépêché de répondre à la demande d'Aris'. Les quinze clés lui furent amenées prestement.

— Lesquelles de ces chambres sont occupées ? Et par qui je vous prie ?

— Toutes ! Nous avons un groupe de vétérans avec leurs accompagnateurs.

— Puis-je jeter un œil sur le registre ?

JMJ avait sorti sa voix la plus onctueuse. On lui tendit le lourd livre recouvert de cuir fauve, comme par magie.

Clarke S., chambre 21, Lunceford P., chambre 23.

En avant!

Emma et Lucas avaient suivi la prestation par écran interposé, soufflés par l'aplomb des deux dingos et par le professionnalisme de leur intervention.

Moins de vingt minutes plus tard, les deux « inspecteurs » redescendaient.

— Madame, monsieur, chers membres du personnel. Nous ne vous présenterons pas d'excuses, car intervenir de la sorte fait partie de nos missions, j'espère que vous le comprendrez. En revanche, notre service va déposer plainte pour dénonciation calomnieuse. Votre établissement est une perle, tenu avec un très grand soin et aucun manquement n'est à déplorer. Bien au contraire. Mon collègue, Hercule ici présent, me faisait même remarquer que, pour lui, vous étiez l'honneur de la profession.

La patronne s'était affalée sur un sofa, en proie à une émotion considérable. Son mari avait saisi la main de JMJ et la serrait avec effusion, silencieusement, les larmes aux yeux. Puis, n'y tenant plus, il le prit dans ses bras et posa sa tête sur sa poitrine en étouffant un sanglot.

— Merci monsieur. Vous êtes vous-mêmes l'honneur de la DGCCRF.

Sur cet aimable échange, Aris' et JMJ tournèrent les talons et s'enfoncèrent dans la nuit tombante.

Ils rejoignirent le camp de base puis partirent en reconnaissance en contournant le manoir. Des odeurs d'herbe mouillée, le bruit du vent dans les feuilles et des fragrances de fleurs de pommiers, d'ajonc et de sauge emplissaient l'air. Ils marchèrent quelques minutes, tournèrent à droite sur un petit chemin en terre.

Ils arrivèrent devant un manège équestre dont le fond était ceint d'un petit bosquet d'arbres touffus. Des hêtres communs, *Fagus sylvatica*. Ils se trouvaient juste à l'arrière de l'hôtel.

Les chambres 21 et 23 donnaient sur la campagne.

Et la campagne, c'était là.

Aris' grimpa dans un arbre.

— C'est parfait.

Emma n'était pas sûre de comprendre. Ou plutôt, si.

— Aris', ne me dis pas qu'on va passer la nuit perchés là-haut ?

— Mais si…

La Juvaquatre fut amenée dans le chemin.

On en sortit quatre mini-hamacs pliés qui tenaient dans la main, des tenues vertes de la couleur du feuillage – pantalons, sweats et ponchos –, des sacs de couchage aussi fins qu'une chaussette en nylon, mais très chauds selon JMJ, et de quoi manger. Ensuite on recouvrit l'Aris'Mobile d'une bâche camouflée et on installa le campement.

Il faisait désormais nuit noire.

Ils dînèrent sur le pouce.

Ils étaient installés chacun sous une branche, pendus comme des chauves-souris.

La nuit était sublime.

Les fenêtres des chambres 21 et 23 toujours éteintes.

Une chouette hulula.

JMJ se dressa à demi dans son hamac.

— C'est lui.

— Qui ça lui ?, demanda Lucas en chuchotant.

Et Emma d'avoir l'intuition fulgurante d'un guerrier solitaire qui rampait dans l'herbe.

Elle était prête à parier trente wagons de choucroute alsacienne contre un œuf à la coque que le Cinglé du Devonshire était en approche furtive.

La major Towsend prenait le maquis avec la Guilde.

16
GUET-APENS ?

Les jumelles de vision nocturne du major étaient d'une qualité très spéciale. Elles vous permettaient de voir l'invisible à deux cents mètres, comme si vous étiez vous-mêmes acteur de la scène. Lucas avait passé une bonne heure, avant le retour du groupe à l'hôtel, à suivre à distance une compétition d'athlétisme jouée par une quarantaine de lapins énervés, puis avait réglé sa mire sur une assemblée de blaireaux hargneux et visiblement d'accord sur rien.

Emma avait été modérément ravie de voir arriver un Towsend passé en mode « guérilla », habillé d'un treillis jungle, le visage passé au noir de fumée, plus discret que deux cents Sioux sur le sentier de la guerre.

À un moment, il n'était pas là et puis, deux secondes après, son visage lui était apparu entre deux branches, démoniaque, souriant, horripilant. Elle ne l'avait même pas entendu grimper à l'arbre.

Ce gars-là était une panthère.

À 23 h 00, le groupe était rentré à l'hôtel.

Les cinq de la Guilde étaient derrière leurs jumelles, l'émetteur crachant en sourdine, sur deux fréquences différentes, les sons de la 21 et de la 23.

À 23 h 30, Sarah Clarke et Peter Lunceford se retrouvèrent dans la chambre de la première pour une petite conversation.

On avait ainsi appris que le groupe irait le lendemain visiter l'aître Saint-Maclou, un des derniers ossuaires de France, construit après la grande peste noire du XIVe siècle, et sur lequel, disait-on, veillait un chat momifié censé conjurer le mauvais sort !

On découvrit également que la « trajectoire » botanique du voyage organisé, Jardin des Plantes et vergers, était une demande expresse de deux couples de vétérans de l'Arizona qui se passionnaient pour les arbres fruitiers et les plantes, au grand dam de Peter Lunceford que les sciences n'intéressaient pas, c'était peu de le dire.

Et on fut informé que les deux postes de transmission à évasion de fréquences étaient une fourniture de l'American Legion pour tous ses encadrants, quel que soit le pays visité, en raison du risque terroriste menaçant les ressortissants de la grande Amérique. Sarah Clarke moquait de manière acide cette paranoïa délirante quand Peter Lunceford, sans doute plus patriote et fan de gadgets, vantait leur prudence.

Bref, cette nuit de surveillance avait presque totalement disculpé les deux Américains. Et, hormis les questions liées à leurs identités – qui trouveraient bientôt leur explication selon JMJ –, ils étaient blanchis.

À cinq heures du matin, on leva le camp.

Lucas était dépité.

JMJ lui confia qu'il avait bien fait de suivre son intuition et qu'une enquête était une somme de pistes que l'on vérifiait et que l'on abandonnait, jusqu'à trouver la bonne.

Tout le monde pouvait se tromper.

Cette dernière phrase irrita Lucas au plus haut point.

JMJ le prenait de haut. JMJ, sous ses dehors affables, critiquait sans cesse ses choix et ses idées.

À la différence d'un Liu Yi qui l'écoutait et le poussait à aller de l'avant.

La route du retour fut silencieuse.

Aris' les déposa à l'appartement et fila chez lui, accompagné du major Towsend.

Emma, Lucas et JMJ finirent la nuit dans leur lit.

La matinée était déjà bien avancée quand Emma entendit des cris sous ses fenêtres.

— Appelez Luis, appelez Luis, vite...

Elle sortit de son lit au radar et alla à la fenêtre pour voir un jardinier affolé courir en tous sens dans les allées du verger.

L'air frais la gifla. La panique du jardinier la réveilla.

Elle passa les allées au rayon laser, en s'attardant sur les pommiers taillés en espalier qu'elle trouvait incroyables, elle laissa son regard filer le long des deux axes du verger, en quête d'un pépin.

Elle le trouva.

Gros pépin.

Son regard s'arrêta sur les deux petits plants de *Malus sieversii*, les souches originelles de pommier importées du Kazakhstan, prêtés au jardin par un collectionneur pour célébrer la future exposition.

Massacrés.

Anéantis.

Elle réprima un cri, fonça dans la salle de bains en tapant au passage sur la porte de Lucas, prit une douche tiède qui dura moins d'une minute.

— Qu'est-ce qui se passe ?

— Les deux *Malus sieversii* ont été pulvérisés cette nuit. Il n'en reste rien !

— Quoi ???

— Habille-toi et rejoins-moi en bas. J'y vais.

JMJ, qui lisait dans sa chambre qui donnait sur la rue n'avait pas entendu le jardinier. Les pas saccadés d'Emma et ses propos alarmants l'éjectèrent de sa cambuse. Emma le mit au courant en mordant dans une tartine. Elle l'avala en deux bouchées et détala comme si elle avait le diable aux fesses.

Luis, Yao Bu, Lucas et JMJ rejoignirent Emma et le jardinier. Les constatations n'allaient pas prendre des heures. On s'était acharné sur les deux petits arbres avec une hargne de psychopathe, on les avait coupés, démembrés et on avait même arraché leurs racines.

— Qui a pu faire une chose pareille ? C'est insensé…

Luis était incrédule. Luis ne pouvait admettre qu'on touche aux arbres pour une autre raison que leur apporter du soin. Ce genre de choses ne rentrait pas dans ses cases, tout simplement. Yao Bu lui posa la main sur l'épaule. Emma surprit le regard du directeur adjoint, qui brillait de colère. Il lui rendit son regard, déterminé, et la questionna sans détour :

— Vous n'avez rien entendu, cette nuit ?

— Non.

Difficile pour eux de leur dire qu'ils étaient en planque, suspendus aux branches d'un hêtre, à sept kilomètres de là. Leur petit bivouac devait rester secret.

Mais les trois de la Guilde étaient sur la même longueur d'onde : le mal étrange qui se jouait dans les vergers, la destruction des *Malus* ici et la mise sur écoute de Lucas ne pourraient faire qu'un seul et même sujet.

Cette intuition était forte et partagée.

JMJ fronça les sourcils. JMJ croisa le regard de Lucas, qui se méprit.

Et qui pensa : « JMJ imagine que ce massacre aurait pu être évité si je n'avais pas attiré tout le monde à Isneauville. Il me croit responsable et m'en veut pour ça. »

Le jeune garçon quitta la « scène de crime » avec humeur.

Emma et Jean-Marie James se regardèrent, interloqués.

Les dernières nappes de brouillard s'effilochèrent, les pelouses du jardin étaient constellées de petits diamants de rosée. De rares promeneurs flânaient.

Lucas avait une idée. Lucas en avait plusieurs. Si on les avait attirés à Isneauville pour avoir le champ libre au jardin ? Si tout cela était un coup monté ?

Y aurait-il quelqu'un pour l'aider à y voir clair ?

Liu Yi.

Qui dormait dans le petit laboratoire attenant à la serre tropicale et dont l'arrière était connecté au verger.

Se pourrait-il que son nouvel ami ait vu ou entendu quelque chose ?

S'en assurer. Toute affaire cessante.

17
FAMILLE, JE VOUS AIME ?

Liu Yi était occupé à rédiger une longue notice botanique en chinois.

Il avait dit vouloir coucher sur le papier ses dernières observations de la nuit.

Son sujet d'étude : la *Paphilopedilum rothschildianum*. Une orchidée rarissime et menacée, originaire de Bornéo, dont le Jardin des Plantes de Rouen détenait un magnifique exemplaire.

« C'est la raison principale de ma présence ici, Lucas, et c'est pour elle que je dors dans ce cagibi et que je veille des heures durant. Le mois d'avril est le moment de sa floraison. Y assister est un cadeau du ciel. »

Liu Yi avait passé la nuit à l'observer.

Les idéogrammes étaient tracés d'une main sûre. Ils formaient une partition complexe que Lucas ne put déchiffrer, mais dont la beauté le stupéfiait.

Il but son thé blanc à petites gorgées.

Le silence était juste percé par le bruit de la plume sur le papier.

Jusqu'à ce que Liu Yi, la tête toujours penchée sur sa feuille, rompe le silence.

— Je suis désolé de ne pouvoir t'aider, Lucas. Je ne savais pas qu'une menace planait sur le verger. La chambre où nous nous trouvons donne sur les pommiers, mais la serre où j'ai passé la nuit est orientée sur le jardin. Je n'ai rien pu voir ni entendre. Je suis sincèrement navré…

— Vous n'y êtes pour rien. C'est de ma faute. J'aurais dû vous parler plus franchement et vous faire part de nos inquiétudes.

— Tu as agi avec discernement au contraire. « Trop de confiance accordée est source de remords » et tu ne me connais pas assez pour avoir foi en moi. Depuis que je t'ai rencontré, il y a seulement trois jours, je découvre un jeune homme perspicace, dont les jugements sont emplis de sagesse. Je pense que tout le monde te reconnaît cela…

— J'aimerais bien… Mais ce n'est, hélas, pas le cas…

Lucas hésita. Lucas se tâta et Lucas se jeta à l'eau.

— JMJ, par exemple, semble toujours me voir comme un chien fou qui agit avant de réfléchir. J'essaie de faire de mon mieux mais c'est comme si je n'en faisais jamais assez…

— Pourquoi dis-tu cela ? À vous voir ensemble, on a plutôt l'impression que vous formez une équipe soudée. D'ailleurs, qui est-il pour vous, exactement ?

La question prit Lucas de court.

— C'est difficile à expliquer… C'est, disons…

Liu Yi vint à sa rescousse. Liu Yi lui tendit une main secourable :

— Votre ami JMJ serait une sorte de professeur particulier ? Qui a détecté vos talents de botanistes et qui veut vous hisser jusqu'aux étoiles de la Connaissance ?

— Oui, c'est cela… Une sorte de professeur particulier…

— C'est une chance formidable. Et tu devrais lui être reconnaissant de s'occuper de votre formation. Ne doute pas de tes amis quand ils sont si ouvertement tes amis.

Lucas sourit. Il pensa que cette maxime pourrait tout aussi bien s'appliquer à lui, Liu Yi. Lucas s'apaisa. Il se sentait bien, valorisé et compris et il admira d'autant plus cet homme capable de traverser le globe pour assister à la floraison d'une herbacée en s'émerveillant du cadeau offert par la Nature. Ses yeux papillonnèrent. L'émotion ? La fatigue d'une nuit à jouer les Barons Perchés* plutôt. Il s'ébroua.

— Vous avez raison. Comme toujours. Je vous laisse à vos travaux Liu Yi. Et merci pour le thé.

---

* *Le Baron Perché*, Italo Calvino, 1957. Traduit en Français aux éditions du Seuil.

— Merci de ta visite Lucas. Reviens quand tu veux.

Il sortit de la remise et vit le petit portail qui menait au verger, à moins de vingt mètres de distance. La différence de température entre l'intérieur et l'extérieur le fit frissonner. Les presque 30 °C de la serre tropicale l'avaient amolli et l'air vif de la Normandie fut brutal.

Il alla jusqu'à la porte du verger. Il avait l'esprit vide. Il se sentit mal et inutile.

Son téléphone zombifié vibra dans sa poche. Un sms des deux jeunes étudiants chinois du lycée agricole : « Nous avons réfléchi et vérifié deux ou trois choses. Nous aimerions vous en parler. Respectueusement, Mu Lin et Meï Tan Ho ».

Lucas les rappellerait un peu plus tard, quand il aurait l'esprit plus clair.

Emma le regarda depuis sa fenêtre.

Elle l'avait vu se réfugier chez Liu Yi après son mouvement d'humeur autour des pommiers saccagés.

Elle avait détecté depuis la veille sa réelle fascination pour l'homme aux orchidées.

Ce qui lui apparaissait comme parfaitement logique. Liu Yi était la quintessence de l'élégance. Il écoutait Lucas comme personne ne l'avait sans doute jamais écouté, pas même elle, et il l'encourageait et le complimentait.

Liu Yi devait par ailleurs avoir approximativement l'âge du père de Lucas.

Un père avec lequel toute communication était rompue.

C'est en se rendant à la serre tropicale, où Liu Yi avait pris ses quartiers, que Lucas s'était rué sur cette piste américaine un peu ridicule.

Liu Yi était en train de devenir une sorte de père de substitution pour Lucas.

La faiblesse de Lucas était un problème. Lucas n'en faisait qu'à sa tête en suivant ses impulsions et ses fractures familiales.

La famille lui fit penser à la famille.

Flavie. L'appeler. Avec un des téléphones sécurisés apportés par le major Sadique.

— Hello darling… Dis-moi, tu as des informations supplémentaires concernant l'identité des Amerloques ?

— Tu es au courant ?

— Figure-toi que j'ai passé la nuit perchée à huit mètres de hauteur à cause de tes bêtises.

— Mes bêtises ?

— Ces supposées fausses identités ont mis Lucas en mode mission commando et on a dû suivre le petit chef comanche dans ses délires complotistes…

— Je n'ai fait que lui transmettre des données que j'ai trouvées à partir de recherches FAITES À SA DEMANDE. Tu seras donc gentille de régler tes problèmes de cœur sans me rendre responsable des lubies de ton chéri. *Comprendes, chica* ?

La conversation prenait un tour désagréable. Les frangines Le Cunff n'étaient pas du genre à se laisser marcher sur les orteils sans réagir. Emma, que le manque de sommeil rendait agressive, embraya et passa la seconde :

— Je ne sais pas si c'est encore mon chéri, mais ce que je sais c'est que deux vérifications de ta part plutôt qu'une n'auraient rien gâché, et je sais aussi que tu as le chic pour balancer des saloperies !

— Dis donc Princesse ! C'est toi qui me sautes dessus pour me voler dans les plumes. Pas moi. Je vous aide, je te signale !

C'était techniquement exact. Emma se rendit compte de l'injustice de ses propos. Elle choisit de sortir du conflit par une pirouette :

— Maman est rentrée ?

— Non. À Paris, pour préparer une quelconque *Fashion Week*...

— Donc, tu continues à subir les délires choucroutiers de papa ?

— Plus que jamais ! Il souhaite aller vers un concept fusion qui mixerait choucroute et mafé sénégalais...

— Une choucroute aux arachides ??? Quelle horreur !

— Je confirme... Selon lui, les premiers essais sont concluants...

— Excuse-moi pour tout à l'heure, j'ai mal dormi ; le major Towsend, qui veillait sur la branche juste au-dessus de la mienne, n'a pas arrêté de fredonner des chants parachutistes. C'était affreux. Et on a découvert ce matin deux pommiers rares complètement saccagés. Une horreur !

— Excuses acceptées. Et, si je peux me permettre, je trouve que vous avez vraiment de drôles de loisirs. Bon, pour tes Amerloques, je n'ai rien de plus. Je vais voir si je peux creuser et tenter de leur trouver des homonymes qui expliqueraient ce *big mistake.*

— Laisse tomber les Américains, je crois qu'ils ne sont rien d'autre que ce qu'ils semblent être... Des encadrants pour vétérans. Point à la ligne...

— Comme tu voudras...

— En revanche, pourrais-tu te pencher sur une autre cible ?

— Vas-y, je t'écoute... Donne-moi un nom...

En raccrochant, Emma se dit que, si elle n'était ni très élégante ni très fair-play, il fallait bien en passer par là.

À la guerre comme à la guerre !

Un adage tout droit sorti du paquetage du major se dit-elle, ce qui lui donna un léger haut-le-cœur.

18
SUREXPOSÉS !

L'après-midi du mardi connut une chute vertigineuse des rendements d'Emma et Lucas. Les deux Ferrari de la veille s'étaient transformées en vieux tacots essoufflés, au grand étonnement des chercheurs.

Emma attendait les infos de Flavie, broyée par une culpabilité visqueuse.

Lucas flottait quelque part entre Mars et Saturne, en proie à une confusion morbide.

Aris', JMJ et le major pouvaient être n'importe où à faire n'importe quoi, comme déclencher une guerre, danser la rumba ou gagner un rallye, pour ce qu'on en savait…

Le gros téléphone à encryptage du major bourdonna dans son sac à 16 h 12. Emma emporta le tout et courut dehors pour extraire l'appareil et répondre.

— Alors ?

— Alors rien. La biographie de ton client est limpide. Liu Yi est bien ce qu'il dit être, en tout cas en surface et même en creusant un peu. Je crois que vous êtes tous en train de virer paranos…

— Paranos ? Et la mise sur écoute de Lucas, alors ? Elle est bien réelle…

— Oui. Et là-dessus j'avance *très* prudemment. Ce que je peux dire pour le moment, c'est que le code utilisé est US, à 99,9 %. On y retrouve des boucles de programme estampillées *made in America* sans doute possible. Je tente de créer une petite bricole qui pourrait s'immiscer dans les volutes du *soft* pour percer la surface du Dark Web sans être repérée, mais si je me loupe, on perd le seul avantage que l'on ait, à savoir la surprise.

— On fait quoi alors ?

— Je n'en sais rien. Et sur le front des pommiers, c'est comment ?

— Ça n'a pas bougé depuis ce matin, trois vergers touchés, et cette attaque à la hache de nos deux spécimens rares la nuit dernière. JMJ, Aris' et le Major sont partis. Peut-être nous ramèneront-ils des nouvelles fraîches ce soir. Je patauge complètement… Merci pour ton aide en tout cas… On se rappelle si ça bouge.

— Bises ma grande, et ne t'en fais pas trop, vous allez trouver la solution.

— Hummm…

Les sœurs Le Cunff raccrochèrent. Emma resta quelques secondes avec le téléphone à bout de bras.

Elle était soulagée mais s'en voulait. Et elle devait parler à Lucas.

Mais avant tout, elle devait réfléchir.

Elle devait essayer de comprendre ce qui reliait tous les éléments de ce puzzle.

Elle partit s'asseoir sous l'arbre de fer et élabora un résumé complet de l'affaire.

L'odeur de complot était né avec la mise sur écoute de Lucas.

Flavie l'avait détecté dès le samedi, soit le jour de leur arrivée.

Qu'avaient-ils fait ce jour-là ? À part risquer leur peau dans la Juvaquatre d'Aris' le Dingue ? Ils avaient visité deux vergers victimes d'un mal étrange et dîné avec les chercheurs et la délégation chinoise.

Trois vergers étaient désormais diagnostiqués comme malades.

Certains arbres sont arrêtés dans leur croissance.

D'autres à venir ?

Les pommiers ne fleurissaient pas. Les feuilles n'arrivaient pas à grandir et se rétractaient, les troncs s'abîmaient, promettant une récolte de fruits égale à zéro. Les arbres ne mouraient pas mais survivaient comme s'ils étaient victimes d'un déficit d'eau, de soleil et de sels minéraux. Les analyses météo disaient le contraire – pluie et soleil abondants – et l'étude chimique des sols n'avait rien révélé. Pas de pesticides ni de fongicides qui pourraient expliquer un arrêt de la nutrition par le sol. Les couloirs de vents et les circulations des eaux de sous-sol semblaient disculper l'accident industriel de Lubrizol.

Les mycorhizes – ces relations uniques qui associent un arbre et son champignon pour un échange bénéfique « sucres produits par photosynthèse contre nutriments » – étaient stables et fonctionnelles. Les pommiers et leurs champignons vivaient en symbiose, l'analyse des racines au microscope l'avait confirmé.

Deux arbres originels, les *Malus sieversii* du Kazakhstan, éclatés à la hache dans l'enceinte même du Jardin des Plantes.

Pourquoi ?

Quelles étaient les particularités de ces arbres ? Pourquoi s'en était-on pris à eux, spécifiquement ?

Emma sortit de sa mémoire les éléments saillants qu'elle avait pu glaner auprès de Kemper D. Smith.

Emma s'arrêta sur une donnée : les *Malus sieversii* kazakhs avaient développé des résistances naturelles encore incomprises. Le fait d'avoir poussé isolés du reste du monde pendant des millénaires sans traitement ni exposition aux pesticides leur avait permis de générer des défenses immunitaires uniques.

Emma frissonnait. Elle pressentit que quelque chose se jouait là, au carrefour entre exposition et résistance naturelle.

Elle attrapa le téléphone et composa machinalement le numéro de JMJ.

— Oui ?

— C'est Emma. J'ai une théorie. Ou un début de théorie. J'aimerais qu'on en parle. Vous êtes où ?

— On sillonne la campagne. On visite des vergers. On entasse du matériel et on empile des mauvaises nouvelles. Le mal est partout. Dans un rayon de cinquante kilomètres autour de Rouen, la majorité des vergers de taille intermédiaire ont au moins une parcelle attaquée. C'est une catastrophe...

— Appelez-moi quand vous rentrez, je dois vérifier un truc.

— Mais...

Emma raccrocha et repartit vers la salle de travail. Yao Bu, qu'elle n'avait ni vu ni entendu, se tenait à quelques mètres d'elle. Il la salua. Son regard perçant la gêna. Au moment où le jeune botaniste s'écarta pour la laisser passer, il fut rejoint par un autre membre de la délégation, un vieil homme dont Emma avait oublié le nom et qui s'approcha avec prudence. Malgré leur différence d'âge, le vieux monsieur s'inclina bas devant Yao Bu et attendit qu'Emma se soit remise en chemin pour lui parler à l'oreille. La scène était surprenante mais elle n'avait pas le temps de s'attarder. Elle détala en les saluant de la main.

La salle de travail, à nouveau. Un brouhaha studieux lui offrit un cocon agréable pour laisser tourner ses idées. Lucas la regarda. Lui poursuivait ses travaux avec le groupe « Économie ». L'économie. La pomme, premier fruit consommé au monde. Se pourrait-il que… ? Si son hypothèse tenait la route, elle en trouverait forcément une trace ici, dans le verger du jardin. Le saccage des *Malus sieversii* devait nécessairement s'accompagner d'une autre action de destruction. Plus insidieuse. Lucas la regarda. Il avait les yeux arrondis. En langage *Batman* cela signifiait : « Oups, j'ai eu une idée. » Pour elle, plus rien ne comptait. Elle devait vérifier sa propre intuition. Elle fila comme un missile en direction du verger. Elle poussa la porte et posa un regard circulaire sur ces dizaines de pommiers rares. Elle commença son inspection. Elle ausculta tous les arbres une première fois. Puis une deuxième. Elle s'arrêta sous l'arche ombragée d'un kiwi vigoureux et recommença son inspection, arbre par arbre.

Elle revint sur ses pas, vers l'entrée du verger où plusieurs rangées de pommiers et quelques poiriers se succédaient.

Elle passa sous une première haie, inspecta la seconde.

Au milieu, un petit arbre.

Sans fleur.

Au tronc taché.

La chlorophylle de ses feuilles était comme aspirée vers les branches et le tronc.

Emma s'affaissa, se laissa tomber sur le sol à genoux. Une intuition physiquement violente lui coupa le souffle. Confirmation de ses pires craintes ?

Elle le pressentait fortement et clairement.

Lucas se tenait derrière elle. Il l'avait suivie. Elle ne l'avait pas entendu arriver.

Il lui posa la main sur l'épaule.

Elle sursauta et se retourna vivement, elle lui sourit d'un air las, le visage exsangue et pâle, et murmura :

— C'est une attaque concertée. Je crois que quelqu'un veut la peau des pommiers. Je crois que la Normandie est un ballon d'essai pour une campagne d'éradication beaucoup plus vaste…

— Je suis d'accord et j'ai une hypothèse. J'ai repris tous les chiffres de production, les rendements dévissent sérieusement aux États-Unis et… et je me demandais si…

Lucas embraya sur une question qu'il n'eut pas le temps de formuler. Un point rouge virevolta sur sa poitrine. Emma pensa « visée laser ». Emma pensa : « Je ne vais quand même pas le perdre pour une histoire de pommiers… » Lucas suivit le regard de son amie et vit la pastille rouge se poser sur son cœur, qu'il sentit accélérer à la manière d'un moteur qui s'emballait.

Il tenta de hurler.

Un coup de feu déchira le silence.

Une nuée de bergeronnettes grises s'envola dans un petit froissement d'ailes.

19
DE LA TOMBE À LA TRANCHÉE

Lucas était allongé dans la remise du laboratoire de Liu Yi. Son visage avait la blancheur de la craie. Un fin voile de sueur lui couvrait le front et les joues. Ses yeux ouverts, immenses, étaient braqués sur le plafond. Il était un gisant pétrifié dont le regard plongeait dans l'au-delà. Un tremblement sismique parcourait tout son corps. Malgré la chaleur qui régnait dans la petite pièce attenante à la serre tropicale, Liu Yi l'avait couvert d'une couverture en laine. Il lui épongeait le visage avec un fin linge de coton. Il lui murmurait des phrases en mandarin et en français, des paroles sacrées et des paroles profanes.

Sans résultat.

Lucas ne bougeait pas d'un cil.

Lucas était statufié.

Emma pleurait en n'émettant aucun son. Ses larmes roulaient en silence sur ses joues. Liu Yi la réconforta elle aussi. Sa voix mélodieuse la berça et la rassura.

— Séchez vos larmes Emma. Il n'a rien. Son état catatonique ne durera sans doute pas. Il faut le veiller constamment, lui parler tout le temps. Il faut le faire revenir. Il a senti son heure arriver. Il a vu la Mort lui prendre la main. Et il s'est réfugié dans un endroit éloigné de tout danger, au cœur de lui-même. Nous devons le faire revenir à nous.

La jeune fille resta silencieuse. Elle était profondément choquée. La tentative de meurtre repassait au ralenti devant ses yeux, occupant tout son champ de vision, comme une image rémanente que rien ne pouvait effacer. Tout s'était passé très vite : le point rouge sur la poitrine de Lucas, Liu Yi qui surgit du néant et qui, d'un bond prodigieux suivi d'un coup de pied à l'épaule, envoie Lucas bouler dans la haie. Il venait de lui sauver la vie. La balle qui était adressée au jeune garçon trouva le vide puis sectionna une branche de pommier grosse comme le pouce. Emma revit la branche flotter un millième de seconde dans l'air avant de tomber, au ralenti. Liu Yi toujours en mouvement, vif comme l'éclair, avait couru en direction du mur d'enceinte. Une autre détonation avait claqué et fait voler un morceau de terre à deux centimètres de sa chaussure droite. Liu Yi avait zigzagué et atteint la paroi en trois secondes, mais le tueur avait déjà décroché. Liu Yi escalade quand même le mur à mains nues, en utilisant chaque anfractuosité comme autant de marches pour ses pieds. Il gravit l'obstacle. Emma, elle, n'avait vu qu'une silhouette noire allongée sur le mur. Constatant que la foudre chinoise se jouait des balles et fondait sur lui, l'assassin avait quitté son poste de *sniper* et sauté dans la rue.

Emma revoyait Liu Yi arriver en haut du mur.

Il tenait une étoile de jet aux lames tranchantes dans la main droite.

Le botaniste amoureux des orchidées venait de changer de statut. Désormais, il est aussi un combattant *shaolin*, un homme capable de bondir et d'éviter les balles, de sauver des vies et mettre des tueurs en fuite.

Emma avait perçu, comme dans un rêve, l'écho d'un moteur qui s'éloignait.

Liu Yi abandonna la poursuite et sauta du mur vers elle – trois mètres de haut ! – pour se réceptionner sur la pointe des pieds, comme un acrobate du cirque de Pékin.

Elle revit son regard accroché au sien.

Lucas lui, était allongé sur le dos, sous la haie, incapable de bouger.

Elle se plaça au-dessus de son ami, elle lui parla. Il semblait ne rien entendre. Il respirait vite, le nez pincé, ses yeux étaient fixes.

Liu Yi et elle le transportèrent jusqu'à la remise du laboratoire.

Fin de la séquence à rebours.

Emma se força à revenir ici et maintenant.

— Vous lui avez sauvé la vie.

— Oui.

— Qui êtes-vous ?

— Liu Yi, botaniste et amoureux des orchi…

— Arrêtez ça !

Emma avait presque crié.

— Très bien… Faisons tomber les masques. Je suis bien celui que je prétends être – un passionné d'orchidées –, mais j'appartiens également à une société secrète – la confrérie des Pétales rouges – qui a pour objet de porter secours à la nature, aux plantes et aux animaux, bref au vivant en général. Nous sommes quelques centaines, un millier peut-être, à vouloir sauver ce qui peut encore l'être, en Chine, au Vietnam, au Myanmar, au Laos et au Cambodge… Je suis stationné dans le Xinjiang, à l'extrême nord-ouest de la Chine, dans la préfecture d'Aksou.

Emma le regarda comme s'il sortait d'une soucoupe volante. Liu Yi était un foutu « collègue » combattant ! Il appartenait à un clone asiatique de la Guilde. C'était proprement hallucinant. Elle se tut. Devait-elle parler ? Devait-elle lui avouer sa propre appartenance à une société miroir des Pétales rouges ? Liu Yi était désormais une pièce à part entière sur l'échiquier de la bataille qui se jouait. Il était, de fait, un allié, qui venait de sauver Lucas et qui, par ailleurs, partageait la même mission qu'eux. Elle pesa le pour et le contre. Elle était tenue par son serment à JMJ. Elle hésita.

— Nous faisons également partie d'une société secrète, Liu Yi. La guilde des Jardins du Roi est une sorte de double de votre confrérie des Pétales rouges…

Ce n'était pas Emma qui avait parlé, c'était LUCAS !

Liu Yi ouvrit des yeux ronds, ce qui, pour un Asiatique, tenait du prodige, et sa bouche forma un « O » muet qui le faisait ressembler à un poisson. Il prit les mains de Lucas et d'Emma dans les siennes en murmurant un « Je le savais, nos destins sont liés », ses yeux se mirent à briller comme s'il allait pleurer.

L'émotion électrisa la pièce.

Lucas, revenu d'entre les morts, avait pris la décision de parler à la place d'Emma pour lui éviter un cruel dilemme. Ce qu'elle comprit immédiatement. Ce qu'elle jugea admirable.

— Lucas !!!

— Salut ma belle…

— Tu m'as foutu une trouille d'enfer, espèce d'enfoiré !… Excusez-moi, Liu Yi…

— Je vous en prie, Emma.

— Liu Yi t'a sauvé la vie, Lucas.

— Je sais bien qu'il m'a sauvé la vie. Vous avez de sacrés coups de savate en réserve mon cher Liu Yi. Quand je vous ai vu fendre les airs comme un poignard volant, je me suis fugacement dit que la botanique était décidément une discipline qui maintenait en forme…

Emma et Liu Yi souriaient, plus satisfaits de voir revenir aussi vite le Lucas d'avant qu'amusés par son bon mot. Emma fronça les sourcils, déjà dans la suite :

— Il faut que nous parlions à JMJ. Nos deux organisations devraient collaborer.

— Je crois que ça s'impose.

— Je l'appelle.

— Ce serait bien…

Juste avant de téléphoner, Emma se tourna vers Liu Yi :

— Avez-vous pu relever la plaque minéralogique de la voiture ?

— Non. Quand je suis arrivé en haut du mur, elle tournait déjà à l'angle de la rue… J'ai juste vu que c'était une longue berline noire aux vitres fumées.

Dommage. Emma et Liu Yi aidèrent Lucas à se remettre debout. Il chancelait un peu, mais reprenait des couleurs. Il s'appuya sur le bureau du chercheur pour se stabiliser. Son regard se posa sur une notice écrite en mandarin. Seule la légende de la photo était en latin. Il lut *Neottia nidus-avis.* Il lut *Orchidaceae.* Une orchidée, une parmi les 25 000 espèces que comptait la famille et qui semblait avoir les faveurs de Liu Yi.

Car une autre photo de cette même fleur dépassait d'un dossier et une fiche annotée à la main, dont certains passages étaient soulignés, portait également un tracé de l'herbacée.

Il se promit de faire un petit cadeau à Liu Yi, en remerciement de son sauvetage.

Trente-cinq minutes plus tard, une assemblée plénière se tenait dans l'appartement. Étaient présents Aris' et JMJ, le major Towsend, Liu Yi, Emma et Lucas. Les deux adolescents s'étaient mis d'accord pour que la jeune fille fasse le résumé des derniers événements, avec, en point d'orgue, l'alliance entre la Guilde et la Confrérie. Lucas pensait que JMJ serait plus à même de passer l'éponge et de pardonner à Emma leur « ouverture » asiatique.

Pourtant difficile à déstabiliser, le vieil original prit un sévère coup de massue quand Emma leur raconta la tentative d'assassinat sur Lucas, événement qu'elle n'avait pas mentionné au téléphone. Elle s'était contentée d'un « Venez immédiatement, il vient de se passer quelque chose de très grave » qui avait suffi à faire rappliquer la troupe au trot. Le major prit les dispositions qu'on attendait de lui : contrôle des fenêtres et des portes, vérification de son arsenal – arme de poing et couteau commando, grenade assourdissante, et il sortit d'une longue housse noire cachée sous le canapé, un fusil d'assaut L85 *bullpup*, le modèle en dotation dans la *British army* !

JMJ, que ces objets révulsaient, se leva et alla se planter devant Lucas qui n'en menait pas large. Il le prit dans ses bras et lui glissa dans l'oreille : « Tu es presque comme mon fils. Je suis désolé de t'avoir exposé à cela. Je m'en serais voulu jusqu'à ma mort s'il t'était arrivé quelque chose. Il faut que vous quittiez la Normandie, dès ce soir. »

Lucas, ému aux larmes, incapable de parler, regarda Emma pour qu'elle enchaîne, pour qu'elle leur évite un retour express à Nantes. Ce qu'elle fit.

— Liu Yi, ici présent, en plus d'avoir sauvé Lucas, est également membre de la confrérie des Pétales rouges…

— Les Pétales rouges !!! ??

Aris' et JMJ bondirent de leur siège. Le premier vint se poster devant Liu Yi :

— C'est un grand honneur de rencontrer un représentant des Pétales rouges.

— C'est moi qui suis honoré. La guilde des Jardins du Roi est une légende. Je bénis nos deux jeunes enquêteurs ici présents d'avoir été les instruments de cette rencontre.

— Emma et Lucas sont toujours au bon endroit, au bon moment.

JMJ venait d'avaliser le rapprochement entre moines combattants. Emma et Lucas, qui s'étaient fait un sang d'encre, étaient loué pour leur action diplomatique !

Les deux adolescents étaient abasourdis. Le sous-sol des sociétés secrètes botaniques était plus riche qu'ils ne le pensaient. Ça rhizomait dans tous les sens !

Le major, que ce genre de cérémonie n'émouvait pas, prit la direction des opérations.

— Ils ont tenté d'abattre Lucas. Il faut construire un périmètre défensif sérieux et ce n'est pas dans cet appartement que nous y arriverons. Aris', je propose qu'on s'installe chez vous.

— J'allais vous le proposer.

— Quel est notre plan ?

La question d'Emma flotta dans l'air. Les adultes pensaient à creuser des tranchées quand l'inconscience de la jeunesse voulait imposer une guerre de mouvement. Lucas avait sa petite idée.

— J'ai quelque chose à vous proposer. Filons chez Aris' et je vous dis ça…

20
LUCAS REPREND LA MAIN

La maison d'Aris' le Pilote était une merveille autant qu'un sanctuaire. Elle était située à la sortie de la petite commune de Bihorel, à quelques kilomètres de Rouen, et elle valait le détour. Cachée au cœur d'un parc de trois hectares où la nature s'organisait à sa guise – « Je suis un disciple de la permaculture, je laisse au vivant le soin de créer sa propre complexité pour prospérer! » –, la bâtisse en U devait bien faire 300 m^2.

Au bas mot.

Le soleil de fin d'après-midi électrisait la campagne normande.

— Aris', vous êtes milliardaire?

— Cette propriété n'est pas à moi. Elle appartient à l'association permacole de Normandie…

— Qui est un faux-nez de la Guilde?

— Tu es trop maline Emma, ça va finir par te jouer des tours…

Aris' lui fit un clin d'œil dans le rétroviseur. Ils étaient tous tassés dans la Juvaquatre – le major était dans le coffre – et Aris' avait, pour une fois, adapté sa conduite à la situation.

Le Pilote gare la voiture sous un auvent derrière la maison.

L'équipage descendit du tacot. L'équipage étira bras et jambes pour faire circuler le sang et chasser les fourmis.

Le cinglé du Devonshire, visiblement pressé de mettre son escouade à l'abri, partit au galop pour sécuriser le parc.

Les cinq autres pénétrèrent dans la demeure. Liu Yi, que cette architecture normande du XVIe siècle semblait impressionner, scruta chaque centimètre carré. Les murs d'un bon mètre d'épaisseur étaient en pierres apparentes, les pièces étaient immenses, les cheminées gigantesques et un patio, qui surplombait le salon cathédrale, s'imposait comme le clou du spectacle.

Aris' fit la visite, distribua les chambres – Liu Yi retournerait dormir au jardin pour ne pas éveiller les soupçons – et donna les consignes :

— Rendez-vous dans le salon dans quinze minutes. Lucas nous parlera de son plan dès que le major aura terminé de piéger le bocage.

Vingt minutes plus tard, ils se retrouvèrent. Lucas se frappa le front. Il avait complètement oublié de rappeler Mu Lin et Meï Tan Ho. Il se promit de le faire dans l'heure.

— J'ai posé des capteurs partout. Si un écureuil entre sans y être invité, je serai au courant.

Le major était content de lui, le major aimait l'action et les veillées d'armes. Il adressa un sourire carnassier à Emma qui leva les yeux au ciel. Aris' et JMJ récupérèrent tous les téléphones – à part ceux du major qui étaient sûrs – et les posèrent dans un grand saladier en olivier. Liu Yi n'en avait pas – « Je n'aime pas ces objets aliénants ! » – et la quête se termina. Puis, toujours muettement, les deux patrons de la Guilde invitèrent l'assemblée à les suivre jusque devant la cheminée, un truc médiéval de quatre mètres de long sur deux de haut dans lequel on pouvait cramer deux chênes entiers sans aucun problème.

Aris' posa sa main sur le linteau, tâtonna et appuya sur un bouton caché.

Un bruit sourd de meule de pierre gronda dans l'immense espace du salon.

Un courant d'air frais leur bondit sur la poitrine.

LE FOND DE LA CHEMINÉE ÉTAIT EN TRAIN DE PIVOTER.

Le manoir normand d'Aris' le Magicien changeait de dimension, il se transformait en château hanté plein de galeries secrètes et de souterrains.

Les patrons de la Guilde avaient en partage la haine des coiffeurs et un amour sans borne pour les repaires clandestins et les passages dissimulés.

Satisfait de son effet, Aris' s'écarta et s'inclina pour laisser passer des hôtes.

— Je vous en prie.

Liu Yi hallucinait complètement et parut sur le point de crier : « Ces Occidentaux sont fous ! Les longs nez sont des sorciers ! » Emma et Lucas, pourtant bien outillés niveau flegme, n'en étaient pas moins estomaqués.

La campagne normande était un gruyère et la Guilde était la gardienne des clés du monde d'en dessous.

JMJ ouvrit la marche. Ils le suivaient en file indienne. Ils avancèrent sur une trentaine de mètres dans un souterrain faiblement éclairé qui descendait en pente douce et ils arrivèrent devant nouvelle porte. En acier. Du même modèle que celle qui verrouillait le laboratoire de JMJ à Nantes ; la Guilde devait avoir un accord avec le fabricant !

Aris' remonta la procession et tapa un code à 8 chiffres.

Un chuintement.

La porte coulissa.

Bienvenue chez Dingo n° 2 !

Comme à Nantes, murs d'écrans, pupitre informatique à gauche en entrant, et paillasses en ligne face à la porte.

Comme à Nantes, matériel de biologie high tech, fioles en tous sens et microscopes dernier cri.

Comme à Nantes, la Guilde n'avait pas fait les choses à moitié.

Mais à la différence de Nantes, il y avait là une jeune femme, 25 ans à peu près, qui portait une blouse blanche et qui travaillait penchée sur une paillasse.

— Bonjour Jeanne.

— Salut Aris', salut JMJ. Bonjour à tous. Vous allez bien ? Non, question idiote que je retire, si vous êtes là, c'est qu'il y a un problème. Installez-vous et commencez, je vous écoute et j'arrive dans une seconde.

Aris' fit les présentations à distance : « Voici Jeanne Anikina. Biologiste. Membre de la Guilde depuis trois ans. Enseignante – chercheuse au Muséum d'histoire naturelle de Paris. Spécialisée dans la communication entre végétaux. Jeanne, voici Emma, Lucas, le major que tu connais et Liu Yi, un nouvel allié… »

Jeanne Anikina, spécialiste de la communication entre végétaux ? Autant dire un mentor en puissance pour Emma.

Qui plongea sur l'un des téléphones du major pour une petite séance de recherches en ligne, *rapido/discreto*.

Et bingo !

Jeanne Anikina, en référence à Emilia ?

Oh que oui.

Emilia Edouardovna Anikina, botaniste soviétique née en 1886, spécialiste de la steppe boisée, découvreuse de quatre sortes de blé sauvage au Kazakhstan, protectrice des savants et chercheurs soviétiques pendant la Seconde Guerre mondiale, experte en pharmacopée des plantes de l'Oural, titulaire de la chaire de génétique et de botanique végétale à la faculté de biologie de l'université d'État de Perm.

Morte à l'âge canonique de 97 ans, le 12 décembre 1983.

Emilia Anikina? Une sacrée figure tutélaire, mon ami!

Emma se promit d'étudier les grandes figures féminines de la botanique. Les femmes du XXe siècle inscrites dans cette discipline avaient eu de drôles de vies…

Ils s'installèrent autour d'une table basse flanquée d'un divan et de quelques fauteuils. Les regards convergèrent vers Lucas.

Les yeux se firent interrogateurs.

Alors?

Il ne savait plus trop par où commencer. Le laïus ressassé pendant la dernière heure lui semblait moins percutant maintenant qu'il devait le délivrer.

Il repensa à son statut de miraculé.

Parler à ses amis n'engageait à rien, donc allons-y!

— J'ai un doute sur les réponses apportées sur un plateau par les deux Américains. Ils ont répondu coup sur coup à toutes nos interrogations durant leur conversation à l'auberge, comme s'ils étaient au courant qu'on les écoutait. Et bizarrement, c'est durant cette nuit que les deux pommiers kazakhs du Jardin des Plantes ont été agressés…

Lucas vérifia que les yeux de JMJ ne filaient pas vers le plafond. Le patron de la Guilde, comme tous les autres, était concentré et attendait la suite. Emma osa une question :

— Ils n'ont pas bougé de l'hôtel...

— Ils peuvent avoir des complices. Par ailleurs, j'ai repris toutes les données et constaté que la production de pommes aux États-Unis était en chute libre. Flavie nous a indiqué que le programme qui a infecté mon téléphone était d'origine américaine, sans aucun doute possible. Si on ajoute à cela les problèmes non réglés liés à leurs fausses identités, la présence de postes de communication à évasion de fréquence dans leurs chambres et le nécessaire à cambriolage trouvé dans la valise de la morte de Nashville, je considère qu'on a abandonné un peu vite cette piste. Ne pensez pas que je m'entête ou que je souhaite avoir raison envers et contre tout, mais je me dis que toutes ces anomalies américaines devraient peut-être faire l'objet d'une nouvelle analyse.

Un ange passa. Le silence s'installa. Liu Yi consulta ses nouveaux amis du regard pour demander l'autorisation de parler. Accord muet mais unanime :

— Je crois que le raisonnement de Lucas est solide. Et que sa logique peut difficilement être mise en doute. Je serais d'avis que nous nous concentrions sur les Américains.

— Aris' ?

— Je suis d'accord avec eux, JMJ, les dénégations des deux encadrants de l'American Legion sont arrivées beaucoup trop facilement et de manière trop ordonnée pour être honnête...

— Major ?

— Je vote pour.

— Emma ?

— Lucas a raison. Comme je vous l'ai dit tout à l'heure, le verger du jardin est également malade et je suis persuadé que la Normandie est un test pour une campagne d'éradication beaucoup plus globale. Je ne sais pas si les deux Américains sont en cause et qui ils sont réellement, mais tout nous ramène à eux...

— De mon point de vue, nos jeunes enquêteurs ont raison...

La voix chantante de Jeanne arrivant de derrière les paillasses fut le point de bascule définitif et scella la décision.

— Très bien. On se remet sur la piste américaine. Des idées pour avancer ?

JMJ regarda Lucas dans les yeux avec quelque chose qui ressemblait à de la fierté.

21
DEUX DE CHUTE !

« Un foutu chef-d'œuvre ! » C'est ainsi qu'Aris' le Barje avait conclu leur séance de planification, un résumé qu'il avait accompagné d'une petite pirouette insolite et risquée.

Chacun sa tâche et advienne que pourra !

Le major remettrait les Américains sous surveillance *serrée* et *permanente* pendant que Flavie engagerait une nouvelle offensive en ligne centrée sur leurs identités et le programme pirate qui avait ciblé Lucas.

Deux boulots à risque pour deux spécialistes de leur domaine.

Le cinglé du Devonshire allait devoir poser des traceurs GPS et des micros sur les HABITS MÊMES des deux fantômes et Flavie partait pour une intrusion numérique en environnement hautement sensible.

Le major quitta l'assemblée pour aller planifier ce défi périlleux, trop content d'avoir une mission impossible dans le viseur.

Flavie fut mise au courant via sa messagerie cryptée.

Aris' quant à lui venait de quitter le domaine pour raccompagner Liu Yi au jardin. Ce dernier surveillerait le verger, grâce à la pose de caméras miniatures issues de la hotte du major, des petits bijoux capables de filmer de nuit, par temps de pluie ou en plein brouillard.

L'ancien SAS lui en avait expliqué le fonctionnement en quelques minutes.

On avait également convenu que Liu Yi interviendrait si besoin – il avait fait la démonstration de son adresse et de sa maîtrise des arts martiaux –, mais seulement après en avoir informé la Guilde qui pourrait lui envoyer des renforts.

Aris' le Pilote tiendrait sa Juvaquatre de compétition prête pour amener la cavalerie à n'importe quelle heure du jour ou de la nuit.

Emma, Lucas et Jeanne se mettraient quant à eux sur les recherches. Les deux adolescents passeraient quelques heures par jour avec les chercheurs du jardin, pour ne pas donner l'alerte, mais sous haute surveillance.

Hors de question de les exposer plus, JMJ s'était montré intraitable sur la question : ils resteraient au maximum dans le sanctuaire de la Guilde. Point final.

Emma et Lucas avaient bien tenté de négocier, mais c'était peine perdue.

Ils devraient s'accommoder de leur placement en résidence surveillée et de quelques heures dehors.

Ce qui était loin d'être un problème pour Emma.

La jeune fille détaillait maintenant ses hypothèses à une Jeanne de plus en plus séduite par l'intelligence pétillante de sa cadette.

Sa théorie ?

Une puissance obscure était à l'œuvre pour s'accaparer le marché de la pomme et avait choisi la Normandie comme terrain d'expérimentation.

Un terrain incomparable du fait de la grande diversité de variétés présentes dans le bocage et dans les vergers conservatoires.

Leur démarche? Mettre au point un moyen indétectable pour stopper la production de pommes – ça c'était fait, visiblement – et disposer d'un antidote pour remplacer les arbres zombifiés.

En guise d'antidote, Emma penchait pour un pommier au patrimoine génétique unique, une souche kazakh résistante à la saloperie qu'ils avaient pu créer en laboratoire. Leur objectif évident était de devenir les maîtres d'un marché à 10 milliards de dollars par an. Selon la jeune fille, les bioterroristes en étaient au stade du test de la transmission du virus.

D'autres équipes, ailleurs dans le monde, devaient travailler sur l'identification d'un génome résistant. Peut-être était-il déjà au point, impossible de le savoir sans des recherches poussées.

Cette théorie imposait son propre programme de travail : voir quels laboratoires étaient en pointe dans le domaine de la génétique des pommiers et se renseigner sur des cas de violence ou d'arrachage de *Malus sieversii* ailleurs qu'à Rouen.

Lucas était d'accord. Lucas opinait du chef. Lucas savourait son retour en grâce et jouissait de chaque seconde.

Il était vivant et la théorie d'Emma collait parfaitement à la sienne.

Et puis Lucas eut une lueur.

Peut-être le chaînon manquant qui expliquait sa mise sur écoute.

Marabon*.

La multinationale des pesticides aux agissements criminels qu'ils avaient fait plier avec Emma lors de leur première mission !

Marabon ou la quintessence de l'agro-business dévoyé, un monstre germano-américain qui empoisonnait l'environnement, les agriculteurs et le monde pour le plus grand bénéfice de ses actionnaires.

Il se promit de creuser ce sujet avec Flavie avant d'en parler à qui que ce soit d'autre.

Épaulés par Jeanne, ils se lancèrent à corps perdu dans l'épluchage des communications scientifiques traitant du patrimoine génétique des arbres de la forêt primaire kazakh.

---

* Voir *Enquêtes aux jardins, les empoisonneurs.*
Voir *La presqu'île empoisonnée, les JAXON vol. 2.*

Ils grignotaient des légumes crus et du fromage qu'Aris' avait descendus à leur attention. Ils plaisantaient et travaillaient dans la bonne humeur. Ils pingponguaient analyses et commentaires.

Au bout d'une heure, Lucas se souvint de sa promesse de rappeler ses jeunes amis du lycée agricole. Il prit congé et remonta à la surface pour passer son coup de fil. Qui sait, Mu et Meï auraient peut-être quelques informations intéressantes à leur communiquer.

Lucas était de retour moins de trois minutes plus tard, inquiet.

— Ils ne répondent ni l'un ni l'autre. Ni au téléphone ni par sms. Et je tombe directement sur leur messagerie.

— Ils sont peut-être en train de dîner.

Lucas regarda sa montre. Elle indiquait 21 h 10.

— Un peu tard, non ? Tu ne veux pas essayer d'appeler ta copine au lycée, Bénédicte ? J'aimerais m'assurer que tout va bien là-bas...

Le visage soucieux de Lucas – et sa grosse journée – la poussa à ne pas poser de question et s'exécuter. Elle sortit son portable « classique », piocha le numéro de « Appelez-moi Béné » dans son répertoire et numérota les dix chiffres sur le lourd téléphone du major.

Deux sonneries, et la voix enjouée de Bénédicte.

— Allô ?

— Salut Béné, c'est Emma...

— Eh, Emma ! Comment va ?

— Ça va super et toi ?

— Ça roule. On sort du self et on traîne... La routine du mardi soir quoi...

— Cool. Dis-moi, tu n'aurais pas Mu Lin et Meï Tan Ho à côté de toi ? Lucas a essayé de les joindre, mais leurs portables sont sur messagerie...

— Qu'est-ce que tu me racontes ? Mu et Meï nous ont quittés en début d'après-midi pour vous rejoindre. Permission spéciale octroyée par le directeur sur la chaude recommandation d'Émile, notre prof. Lucas et votre copain le vieux dingue leur ont envoyé une voiture à 14 h 00. Ils m'ont montré le sms de Lucas, contresigné par monsieur Aristote Théophraste, juste avant de partir...

Emma serra le téléphone à s'en faire exploser les jointures. Emma devint pâle comme un linge.

Lucas pas plus qu'Aris' n'avaient envoyé le moindre sms aux deux étudiants.

— Elle était comment cette voiture ?

— Une sacrée bagnole chérie, tu peux me croire ! Une Mercedes je crois. Noire, vitres fumées, immense... Mais Mu et Meï ne sont pas avec vous ?

— Ils doivent être au jardin, nous on a dû s'absenter. On va les rejoindre là-bas. Lucas a sans doute loupé un message, rien de grave. Merci Béné, t'es adorable. Bises !

Emma avait réussi à donner le change pour ne pas alarmer « Appelez-moi Béné », mais les nouvelles étaient gravissimes.

Lucas et Jeanne n'avaient pas besoin d'un dessin.

Mu Lin et Meï Tan Ho avaient été enlevés.

La berline noire décrite par « Appelez-moi Béné » correspondait à celle entrevue par Liu Yi au jardin après la séance de tir dans le verger.

Les informations détenues par les deux étudiants chinois devaient être explosives.

En tout cas suffisamment incendiaires pour leur valoir un kidnapping audacieux opéré en pleine journée au beau milieu d'une école !

Leurs ennemis – renseignés, audacieux, professionnels, dangereux – étaient partout.

Et prêts à tout.

22
TENSIONS

Une nouvelle réunion de crise succéda à la précédente.

On prévint Liu Yi grâce à l'un des téléphones à encryptage que lui avait confiés le major avec les caméras. On le tiendrait au courant des décisions prises et on le consulterait pour celles à prendre.

Toute la Guilde était dans le laboratoire d'Aris'.

Victimes collatérales d'une guerre que l'absence d'ennemis clairement identifiés rendait quasiment ingagnable, Mu et Meï allaient devenir les cavaliers de l'apocalypse.

Car leur disparition allait faire l'objet d'un signalement.

C'était inévitable.

À la police.

À l'ambassade de Chine.

JMJ imaginait déjà la crise diplomatique qui s'ensuivrait. L'enlèvement en plein jour de deux ressortissants de la République populaire de Chine allait mettre leur petite équipe sous les feux de la rampe.

L'enquête de police « qui serait suivie au plus haut niveau de l'État » déboucherait fatalement sur une convocation de tous les protagonistes, à commencer par Lucas et Aris', qui avaient signé le faux sms.

Le piège se refermait. Peut-être que Liu Yi pourrait arrondir les angles avec les autorités chinoises. Peut-être avait-il les moyens de circonscrire l'effet de souffle de cette énorme déflagration. JMJ se promit de le rappeler pour traiter de cette question.

— Nous sommes très mal engagés. Major, où en êtes-vous de votre côté ? Il faut que nous reprenions l'avantage. Et vite.

— Je peux passer à l'action cette nuit, mais j'aurais besoin d'un coup de main.

— Votre plan ?

— Déclencher l'alerte incendie à l'auberge de *L'As de Trèfle*, profiter du chaos de l'évacuation pour m'introduire dans les deux chambres cibles et coller des micro-tissus et des traceurs sur les habits des suspects. Dans les doublures des vestes et des blousons, les vêtements qu'ils portent le plus souvent et les plus épais.

— S'ils sont vraiment coupables, ils vont se douter que nous sommes à l'origine de cette fausse alerte…

— C'est pour cette raison que nous allons vraiment déclencher un incendie.

Emma bondit de sa chaise.

— Vous êtes complètement cinglé major !!! On ne va pas cramer un hôtel et risquer la vie de pauvres vétérans de la Seconde Guerre mondiale et du personnel pour poser trois micros.

— Quatorze.

— Quoi « quatorze » ?

— Quatorze micros.

— Mais enfin…

— Ne sois pas inquiète Emma. L'incendie sera complètement circonscrit. J'utiliserai des retardateurs de flammes et il ne brûlera que quelques minutes et dans un endroit précis, sans aucune possibilité d'extension.

— Vous êtes un expert en incendies peut-être ?

— Disons que j'en ai déclenché quelques-uns pour mener ce genre d'opérations…

Le major partait en roue libre. Le major avait actionné le mode « Guerre totale ».

— Il n'y a que moi pour m'alarmer de ce genre d'idées ?

— Nous n'avons pas le choix, Emma. Il faut que nous puissions avoir des munitions pour nous sortir de la nasse et retrouver Mu et Meï avant que tout cela n'aboutisse à la destruction de la Guilde.

— Mais enfin, JMJ, c'est dément.

— Oui, à l'image de la situation. Que vous faut-il pour agir, major ?

— Deux personnes en plus de moi, pour déclencher l'incendie. C'est un dispositif « clé en main », facile à activer, mais je ne pourrai pas être celui qui le fera car je dois être prêt à m'introduire par la façade arrière juste après l'évacuation. J'ai bien repéré les lieux lors de notre dernière escapade, c'est faisable.

JMJ pesa le pour et le contre quelques secondes.

— Très bien. Aris' et Jeanne, vous l'accompagnerez cette nuit. Je reste ici avec Emma et Lucas. Combien de temps cela prendra-t-il ?

— Quatre à six heures à partir du GO.

— O.K. Faites-le. Et ne prenez aucun risque. Nous sommes suffisamment dans la panade comme ça pour éviter un problème avec la police locale.

JMJ le Débonnaire avait délaissé ses attributs bonhommes pour revêtir le costume de commandant. Il en imposait. Même au major.

— Bien monsieur.

Aris', Jeanne et le major la Crame étaient déjà debout. Ils partirent en direction d'un des garages dans lequel était remisé le matériel de l'incendiaire. Emma, Lucas et JMJ restèrent seuls dans le laboratoire.

— Emma, je comprends ta répulsion pour ce genre d'agissements, ils ne me mettent pas plus à l'aise que toi, mais je ne peux pas prendre le risque de voir la Guilde démantelée et ses membres finir en prison. Nos adversaires, même si nous ignorons qui ils sont réellement, sont très forts. Nous devons être très forts nous aussi pour remporter la partie !

— Et si c'était un piège ?

Un léger voile passa dans le regard de JMJ.

— J'y ai pensé. C'est un risque que je suis obligé de courir.

— De faire courir à Jeanne et Aris', plutôt !

Lucas, qui était resté muet, se leva.

— Je vais m'allonger un peu. Cette journée a été rude, je me sens vidé.

— Je t'accompagne.

Le regard qu'Emma lança à JMJ était peu amène et les deux adolescents quittèrent le laboratoire en silence. Les coups de boutoir répétés de leurs ennemis commençaient à porter, l'ambiance virait à l'aigre.

— Bye Emma. Je vais dormir quelques heures avant le retour du commando.

— Repose-toi *Batman*, tu ne l'as pas volé…

Une fois seul dans sa chambre, *Batman* ne prit pas vraiment la direction de son lit.

— Allô Flavie ?

— Lucas ! Votre dernier message était plutôt flippant ! Une tentative de meurtre ? C'est la deuxième fois en moins d'un an ! Comment te sens-tu ?

— Ça va. On a deux étudiants chinois disparus, le major, Aris' et Jeanne partis en mission suicide et JMJ et Emma qui se sont accrochés, mais à part ça, tout roule ! Du neuf sur nos deux fantômes ?

— Rien de nouveau sur nos Amerloques pour le moment. Je reprends tout depuis le début et lance de nouvelles requêtes, mais tout ça prend du temps.

— Dis-moi, j'ai eu une idée. Pourrais-tu inverser ton principe de recherche et partir d'un point A pour essayer de les retrouver ?

— J'adorerais ça, si j'en avais un ! À quel « point A » penses-tu ?

— Marabon.

— Ouch ! Tu crois que c'est encore cette foutue multinationale qui est à la manœuvre ?

— C'est dans leur « champ de compétences » et bien dans leurs manières. Ma mise sur écoute dès notre arrivée en Normandie est bizarre. Qui, à part eux, disposerait d'assez de moyens et me connaîtrait assez pour faire tout ça ?

— C'est pas idiot. Je m'y mets.

— Tu penses en avoir pour combien de temps ?

— Aucune idée. Et rien ne garantit que j'arrive à un résultat. Je te rappelle dans deux heures pour faire le point.

— Merci Flavie.

— Service mon coco. Comment va ma sœur ?

— Elle a envie de dissoudre le major dans un bain d'acide et crache des flammes dès qu'elle est dans la même pièce que lui, mais sinon, ça va, elle tient le coup.

— Dis-lui que le paternel a testé la choucroute aux agrumes, ça lui remontera le moral.

— Sérieux ? Il a fait ça ?

— Il pensait que ce serait délicat et que ça flatterait le palais de Mère.

— Résultat ?

— Il dort dans le salon ! Je t'appelle dans deux heures. À plus, beau gosse !

— Merci Flav'.

Lucas était éreinté. Toute l'adrénaline et la peur accumulées durant cette folle journée se dissolvaient dans une angoisse sourde et diffuse qui lui faisait flageoler les jambes.

Il s'allongea et ferma les yeux pour les rouvrir immédiatement. Le rugissement d'une balle à haute vélocité lui perfora les tympans. Il sursauta. Rêve éveillé. Il venait de revivre son presque meurtre. Il se mit à trembler, à suer ; un sanglot se coinça dans sa gorge.

Lucas, le dur de dur, était victime d'un syndrome post-traumatique de forte intensité.

Il se remit debout. Il se chercha une occupation pour ne plus revoir et ne plus penser à ce point rouge sur sa poitrine.

Une idée.

Il alluma l'ordinateur sécurisé – il y en avait un par chambre – et suivit les instructions pour se connecter via le serveur crypté de la maison d'Aris' le Précautionneux.

Tant qu'à veiller, autant veiller utile !

Lucas se lança sur la piste de la *Neottia nidus-avis.*

Il voulait, pour remercier Liu Yi, un cadeau personnel et vraiment hors du commun.

Il avait pour projet fou d'offrir à son mentor un parterre entier de cette orchidée, livrable à son domicile du Xinjiang, dans la préfecture d'Aksou.

Il devrait conduire cette opération dans le plus grand secret et trouver une main secourable pour l'aider à mettre en œuvre cette entreprise exaltée.

Au boulot !

23
LA GUILDE MEURT MAIS NE SE REND PAS !

L'aube avait du mal à se frayer un chemin à travers la brume. Lucas dormait, le clavier en guise d'oreiller. Un coup sec frappé à sa porte le réveilla en sursaut.

— Lucas ? Debout. Ils sont rentrés.

Peinant à émerger et ne sachant absolument pas où il se trouvait, il flotta quelques instants entre la conscience et le sommeil avant de se relocaliser.

Rentrés ?

D'où ? Qui ?

O.K. Emma devait parler du commando pyromane.

Il se mit sur ses jambes – ça tanguait un peu – et une douleur fulgurante lui vrilla les lombaires. Il grimaça et alla ouvrir la porte à une Emma fraîche comme un gardon et vêtue d'un jogging gris.

— Tu as dormi tout habillé ? Tu ne t'es pas couché ?

— Hein, quoi ?

— Tu ne vas jamais tenir le coup. Allez, amène-toi, on parlera de ton biorythme plus tard. Allons entendre le compte rendu de ce taré de major.

Lucas se laissa guider dans le couloir et jusqu'au salon puis tressaillit comme si son crâne avait effleuré une ligne à haute tension. Emma, surprise, s'arrêta.

— Qu'est-ce qui se passe ?

— Je te rejoins.

— Mais...

— Vas-y, je serai là dans cinq minutes, dis-leur que j'arrive !

Et de repartir vers sa chambre comme une torpille.

Lucas balaya la cambuse du regard.

Il avait complètement oublié Flavie !!!

Là, le téléphone, sous le bureau.

Il se baissa et le ramassa. Six messages vocaux en absence, quatre sms ! Il n'avait rien entendu. Logique, le mode « silencieux » était activé. Il ouvrit les messages en tremblant, fébrile. Le premier sms avait été posté à 02 h 10 du matin :

« Rien pour le moment. Je dors un peu et je m'y remets. »

Puis, une rafale de trois, entre 06 h 15 et 06 h 17.

« Lucas rappelle-moi d'urgence. »

« Qu'est-ce que tu fous ??? Appelle-moi !!! »

« Lucas, APPELLE-MOI. »

Il jeta un œil sur sa montre : 06h23 ! Sans prendre le temps d'écouter les messages audios, il composa le numéro de Flavie.

— C'est moi.

— Qu'est-ce que tu foutais ??? Bon, c'est chaud mon gars. J'ai retrouvé leur trace.

— Hein ??? Génial !!! Comment tu as fait ?

— En craquant les fichiers des OPEX de Marabon.

— Des quoi ?

— Les OPEX ou Opérations extérieures conduites discrètement par la firme à l'étranger. Nos deux *ghosts* sont intervenus en Argentine au moment du scandale des pots-de-vin liés à leur saloperie de *Cleanfield*, puis en Allemagne, lorsque des spécialistes gouvernementaux de l'agence sanitaire fédérale truquaient les rapports sur la dangerosité de ce même *Cleanfield* pour enfumer la Commission européenne. Ils ont été exfiltrés vite fait et discrètement quand le scandale a explosé.

Le *Cleanfield*, le pesticide le plus utilisé au monde, une horreur organophosphorée classée cancérigène probable, mutagène et neurotoxique.

— Tu es sûre de toi ?

— Certaine. J'ai leur photo. Et j'ai leurs vrais noms !

— Quoi ???

— Claire Bondurant et William Littell.

— Bondurant et Littell, deux mercenaires au service de Marabon, donc?

— Oui, et des gens dangereux.

— Pourquoi tu dis ça?

— Parce que ce sont deux anciens agents d'élite de la CIA, spécialistes des *Black Ops*, les opérations noires de l'Agence américaine, la branche des coups tordus. La carrière de Littell a mordu la poussière quand il a été soupçonné du meurtre de plusieurs civils en Irak. Et Claire Bondurant, figure-toi qu'elle a disparu après s'être fait pincer à la frontière pakistanaise avec 100 kilos d'héroïne achetés à des barons de la drogue afghans... Évadée d'une prison de haute sécurité à Karachi. La presse pakistanaise a fait tout un foin sur son évasion, et on a parlé exfiltration organisée, complicités, services secrets...

— Des renégats prêts à tout...

— Oui.

— Merci Flavie. T'es la meilleure. Je rejoins les autres. Je les informe et on se rappelle.

— Bise. Et faites vraiment gaffe. Vous avez affaire à de vrais tueurs.

Lucas raccrocha et passa dans la salle de bains. Il se mit la tête sous l'eau. Il s'ébroua et enchaîna une série d'uppercuts dans le vide; il changea de T-shirt et fila, prêt à en découdre. Ils avaient des ennemis identifiés maintenant. Ils passaient de chassés à chasseurs.

— Salut à tous. Excusez mon retard. Salut major. Jeanne, Aris'… Alors, cette équipée ?

Son arrivée dans le labo ne passa pas inaperçue. Il rayonnait comme un petit brasier, ce qui dénotait avec la gravité ambiante. JMJ le remarqua. JMJ le questionna.

— Toi, tu as appris quelque chose !

— D'abord le major.

Le Cinglé du Devonshire était satisfait. Mais soucieux.

— Tout s'est très bien passé et Jeanne et Aris' devraient postuler pour un emploi dans les forces spéciales. Mais il y a toujours le risque que nos cibles soient méfiantes et qu'elles passent leurs affaires au peigne fin. Je suis tous leurs échanges en direct dans l'oreillette. Pour le moment, rien de suspect.

— Ils le feront.

— Ils feront quoi, Lucas ? demanda le major soupçonneux.

— Passer toutes leurs affaires au peigne fin.

— Pourquoi en es-tu si sûr ?

Le major et Emma avaient lâché la question dans un même élan, une proximité qui déplut à la jeune fille.

— C'est dans leur ADN, ils sont programmés pour ça… Major, vous avez mis sur écoute et géolocalisé Claire Bondurant et William Littell, deux anciens espions de la CIA, agents d'élite corrompus, désormais chargés des basses besognes par notre vieille amie, la très peu recommandable multinationale des pesticides, Marabon !

— Merde... Marabon... Comment tu sais ça ?

Emma était soufflée. Lucas avait vraiment le chic pour sortir de son chapeau les infos les plus dingues au moment où personne ne s'y attendait.

— C'est Flavie qui a décroché le gros lot. Je lui ai juste demandé de repartir des fichiers du personnel de Marabon pour essayer de retrouver nos deux Amerloques. Lorsqu'on s'est aperçu de ma mise sur écoute, on a tous pensé à Hookman – qui se meurt au Cedars-Sinai de Los Angeles – en oubliant un peu vite qu'il avait comme associée dans *Vegetals* la multinationale du Missouri. J'ai juste remonté le fil logique.

Aris' le Stupéfait ouvrit des yeux aussi grands que les roues de sa Juvaquatre. JMJ se frappa le front – « Comment n'y ai-je pas pensé ? » – et le major se leva et se mit au garde-à-vous devant Lucas.

La scène était complètement irréelle.

— Lucas tu es un prince...

JMJ était fier, mais en prit un coup au moral – « Je me fais vieux ! » Il regardait la relève – Emma, Jeanne et Lucas – avec admiration et les interrogea du regard. Aris' formalisa la pensée de son vieil ami :

— Et maintenant, on fait quoi ?

— On lance la contre-offensive. Partout où on le peut. Avec toute la force dont nous sommes capables. La Guilde a bien des agents aux États-Unis ?

— Oui, une quinzaine. Des agents dormants.

— Des agents dormants ?

— Oui, des personnes qui mènent une vie parfaitement normale, mais qui peuvent répondre à toute sollicitation de notre part et partir en opération…

— Alors, il faut les réveiller. Il faut les mettre de manière visible – sans que cela nuise à leur sécurité – sur la piste de Marabon. Qu'ils aillent traîner devant les bureaux de la firme, à Saint-Louis, avec de gros téléobjectifs, qu'ils suivent les dirigeants, et pas trop discrètement mais déguisés, pour leur mettre la pression…

Jeanne temporisa. Jeanne était prudente et réfléchissait :

— Lucas, on a aucune preuve de leur implication dans l'empoisonnement des pommiers. Je suis persuadée que ton intuition est juste, mais comment prouver quoi que ce soit. J'ai commencé l'analyse des feuilles et des troncs, et je n'ai décelé aucune substance chimique particulière…

— C'est justement parce que nous n'avons rien qu'il nous faut bouger. En les serrant d'un peu trop près, on va les obliger à réagir. Ils penseront peut-être que nous avons trouvé quelque chose de tangible et ils commettront – peut-être – une erreur.

— C'est risqué, mais nous n'avons pas beaucoup d'autres options...

JMJ qui suivait ses recommandations ? JMJ qui s'en remettait à lui ? Lucas se força à garder la tête froide. JMJ alla plus loin et dépassa les espérances de Lucas :

— Il faut en parler à Liu Yi. Si les Pétales rouges peuvent agir de la même manière en Chine, Marabon sentirait vraiment le vent du boulet et pourrait se découvrir. Je dois l'appeler pour voir s'il a pu tirer quelques ficelles à l'ambassade de Chine.

Sur un signe de JMJ, Aris' alla se poster à la console informatique afin de réveiller leurs agents qui sommeillaient aux États-Unis.

La Guilde mourait mais ne se rendait pas !

La Guilde, dans les pires moments d'adversité, repassait à l'offensive en chevauchant la foudre !

24
SUR LE SENTIER DE LA GUERRE

Toute l'assemblée était suspendue aux lèvres de JMJ. Il avait posé l'un des gros téléphones cryptés sur la table basse du laboratoire et avait entamé, en mains libres pour que tout le monde entende, une négociation serrée avec Liu Yi. Ce dernier, en préambule, leur avait indiqué que les contacts des Pétales rouges à l'ambassade de Chine acceptaient de temporiser et d'attendre deux jours avant de déclencher l'Armageddon. Pas de communication officielle sur la disparition des deux étudiants avant 48 heures. Un répit bienvenu. Aris' avait obtenu le même délai de la part du commissaire divisionnaire Anquetil – un cousin du cycliste – en charge du renseignement territorial en Normandie. Ce dernier avait proposé à son ami Aris' de lancer une enquête discrète, mais sans en référer à sa hiérarchie durant deux jours. Le fait que Mu et Meï soient majeurs lui offrirait une petite excuse en cas de pépin. Si la Guilde s'était offert une trêve sur le front judiciaire, le casse-tête demeurait. Comment retrouver les disparus ? Grâce aux traceurs et micros placés par le major ? Lucas doutait de leur intérêt. Il était persuadé que les deux agents employés par Marabon les trouveraient et sauraient s'en accommoder sans donner l'alerte. Toutefois, dans un aparté fugace, le major lui apprit qu'il avait aussi piégé les chaussures des deux espions. L'ex-SAS avait foré les talons et placé une balise GPS indétectable dans chaque paire !

Liu Yi renâcla à l'idée d'exposer les membres des Pétales rouges en Asie. Marabon disposait sur place de relais sérieux et d'appuis haut placés. Le risque de voir la Confrérie entrer dans le viseur des autorités chinoises et surtout des armées privées entretenues par la firme américaine en Asie du Sud devait être analysé.

Liu Yi devait en référer à la commission des Étamines, le directoire de la Confrérie.

Le major leva la main pour demander le silence.

— Ça bouge ! murmura-t-il.

JMJ remercia Liu Yi à voix basse et lui demanda de le rappeler quand il aurait eu – ou non – l'accord des Pétales rouges pour mettre Marabon sous pression. Il raccrocha et tous firent silence. Le major enfonça son oreillette bien à l'intérieur de son conduit auditif pour ne rien rater des échanges entre Bondurant et Littell. Il rendit compte en temps réel :

— Le groupe de vétérans a quartier libre ce matin pour flâner dans Rouen. Littell vient de mentionner une communication urgente… Il dit à Bondurant qu'ils doivent aller vérifier que tout va bien… Il ne dit pas ce qui doit être vérifié ni où ça doit l'être… Il dit… « On ne peut pas se permettre d'avoir un problème avec eux, ils ne nous le pardonneraient jamais ! »

Lucas et JMJ se firent un clin d'œil. Les deux agents n'étaient pas au courant de leur mise sur écoute. Dans l'esprit de tous, il était clair qu'ils parlaient de Mu et Meï. Le major poursuivit son procès-verbal :

— Une porte se ferme maintenant. Bondurant a dû quitter la pièce… Ça bruisse, ça remue… Je parierais sur l'excavation du poste à évasion de fréquences de sous le lit… Une autre porte claque. Littell a dû s'enfermer dans la salle de bains. À mon avis, ils n'ont pas détecté les micros ni les traceurs.

La Guilde opina du chef, à l'exception d'Emma :

— Pourquoi s'enfermer dans la salle de bains alors ?

— Littell la joue pro. Littell respecte les consignes à 100 %. C'est dans sa nature. C'est un soldat.

Lucas était désormais convaincu que l'opération de la nuit dernière avait été un succès. Ils allaient peut-être retrouver Mu et Meï. Ils allaient peut-être pouvoir endiguer les plans mortifères de cette pieuvre multinationale ! Une fois de plus. Il affirma :

— Il faut bouger, c'est maintenant ou jamais !

JMJ devint fébrile. Il ne pouvait plus reculer.

— Major, Aris', Jeanne, on file à Isneauville et on se tient prêt pour les suivre dès qu'ils bougent. Aris', tu as autre chose que la Juvaquatre ? J'ai peur qu'elle se soit un peu trop fait remarquer ces derniers jours, et si nos deux affreux sont aussi bons que Lucas nous le dit, ils ont pu la repérer… En fait, il nous faudrait deux véhicules pour assurer le relais, en cas de problème.

— Ne t'inquiète pas, j'ai ce qu'il faut.

— Emma et Lucas vous resterez ici. J'appellerai Liu Yi pour qu'il vous rejoigne.

JMJ ne prendrait plus aucun risque. JMJ allait veiller sur eux comme une louve sur sa portée.

Ils n'essayèrent même pas de négocier.

À 7 h 10, tout le monde était fin prêt. Les quatre détectives s'étaient changés et étaient méconnaissables. Les vieux avaient rangé leurs cheveux sous des chapeaux sobres et enfilé des habits bien ternes au regard de leurs habitudes. Le major avait également revêtu une tenue passe-partout – pantalon clair, chemisette, veston vert – et Jeanne ressemblait à n'importe quelle jeune femme de 25 ans bien dans ses baskets.

Une fois dans la cour derrière la maison, Aris' jeta au major un trousseau de clés en lui disant « deuxième garage » et s'était, lui, dirigé vers le troisième d'un pas fringant.

Deux nouvelles antiquités automobiles se mirent à ronronner et manœuvrèrent pour se ranger devant le perron. Une Renault 16 TX couleur vieil or en remplacement de la Juvaquatre pour Aris' et, aux mains du major, une Citroën CX 2200 gris anthracite qui ressemblait à un petit vaisseau spatial dessiné par un designer fou des années 50. Un équipage férocement *vintage*, mais qui se fondrait à merveille dans le parc automobile de la campagne normande.

— Liu Yi arrivera d'ici une heure. Attendez-le et enfermez-vous avec lui dans le laboratoire. Nous resterons en contact permanent.

Sur ces dernières recommandations, le vieux Jean-Marie James plia sa grande carcasse dans la CX et donna l'ordre au major de prendre la route.

Les fumées d'échappement irisèrent l'aube et empuantirent brièvement l'atmosphère. Emma et Lucas croisèrent le regard de Jeanne qui leur adressa un petit salut de la main. Aris' à ses côtés semblait se battre avec l'autoradio, sans doute à la recherche d'un morceau qui collait à l'ambiance.

La Guilde s'était mise sur le sentier de la guerre.

25
DES ORCHIDÉES POUR LIU YI

Liu Yi arriva cinquante minutes après, le teint légèrement rosi par la fraîcheur matinale et la petite marche qu'il s'était imposée. Prudent par nature – on ne fait pas partie des Pétales rouges sans une certaine dose de circonspection –, il avait demandé au taxi de le laisser un kilomètre après la propriété d'Aris' le Châtelain, préférant faire demi-tour et finir à pied. S'il avait été pris en filature, il aurait ainsi confondu ses suiveurs.

Liu Yi avait l'air tendu. Son sourire était forcé et il avait les traits tirés.

— Venez Liu Yi, nous devons rester en contact permanent avec l'escouade. Nous descendons au laboratoire.

Une fois installés dans le salon du repaire souterrain, Lucas, pour tromper l'attente, demanda à Liu Yi de leur parler des Pétales rouges.

— Peut-être un peu à la manière de la Guilde, les Pétales rouges surveillent les zones de biodiversité remarquables et tentent de circonscrire les atteintes à l'environnement qui pourraient y être constatées. La Confrérie est organisée selon un principe pyramidal avec, tout en haut, la commission des Étamines, qui regroupe une douzaine de personnes qui changent tous les cinq ans, et dont je fais partie. Les Étamines ont le pouvoir d'activer quatre groupes : les Vigies, qui constituent le réseau d'alerte sur le terrain ; les Diplomates qui, par leur entregent et leurs relations, peuvent peser sur certaines décisions gouvernementales et parfois éviter le pire ; les Banquiers, grâce à qui nous pouvons mobiliser des moyens pour racheter un sanctuaire de biodiversité ou une portion littorale pour les confier à des associations de sauvegarde… ; et enfin les Guerriers, qui peuvent intervenir quand les Diplomates ou les Banquiers ont échoué… Et vous, comment êtes-vous organisé ?

Lucas ne connaissait pas l'organigramme complet de la Guilde, mais son fonctionnement général et certaines stations au sol et en mer.

— La Guilde a une structure plus horizontale. Chaque grande région française, en métropole et dans les territoires d'outre-mer, dispose d'un « patron » qui a toute latitude pour construire son réseau comme il l'entend, après en avoir référé au Chêne, naturellement…

— Le Chêne ?

— C'est l'assemblée plénière qui regroupe tous les patrons et qui prend ses décisions de manière collégiale.

JMJ a une place un peu à part. Son âge, son expérience et ses faits d'armes font qu'il est celui qui peut trancher les litiges et intervenir en cas de désaccord. Il est le vieux sage de l'assemblée, même si ses costumes et son originalité peuvent tromper... Les régions disposent de ressources financières qu'ils demandent au Chêne. Cet argent a été amassé depuis des siècles par la Guilde. Les veilleurs de la Guilde, vos « Vigies », sont nombreux et le sont parfois sans même le savoir. Le réseau des grands jardins botaniques francophones en abrite un certain nombre ! Un peu comme vous, certains patrons disposent de solides carnets d'adresses qu'ils peuvent mettre à contribution pour résoudre un problème. Nous disposons également d'un groupe d'enquêteurs, dont Emma et moi faisons partie – nous sommes en formation –, et qui travaille au profit de toutes les régions qui pourraient en avoir l'usage. Enfin, une branche « commando », à l'image de vos guerriers, peut intervenir quand tout le reste a échoué. Le major Towsend en fait partie, vous l'aurez compris...

Liu Yi écoutait religieusement Lucas. Liu Yi était curieux :

— Et toutes les régions disposent de bases secrètes comme celle-ci ?

— Oui. Des zones de repli et d'analyses. Il y en a partout. Et même en mer...

— En mer ?

— Oui.

Lucas montra du doigt une carte punaisée sur le mur. Liu Yi fut surpris.

— Il y en a autant que ça…

— Oui. 62 bases terrestres et 7 en mer…

Liu Yi hocha la tête. Ses yeux et son sourire en coin disaient : « C'est extrêmement bien pensé. C'est extrêmement intéressant. »

L'homme aux orchidées balaya la pièce. Sur les murs étaient accrochés des organigrammes, des documents secrets de la Guilde… C'était fascinant. JMJ les appela pour un bref message : « Ça bouge. Littell et Bondurant sont allés à pied jusqu'à un petit garage discret. Ils viennent de prendre la route dans une Mercedes noire aux vitres fumées… Nous les avons pris en tenaille, Aris' et Jeanne devant, le major et moi derrière. L'écho du traceur est net. On ne pourra pas les perdre. Pas de problème chez vous ? » Lucas lui répondit que Liu Yi était là et que tout était calme. Ils raccrochèrent en même temps.

Le téléphone crypté qu'Emma portait à la ceinture bourdonna. Elle se leva. Familiarisée avec le système de vidéo-surveillance qui était le même que celui de JMJ à Nantes, elle activa toutes les caméras et senseurs en demandant à Lucas de garder un œil dessus pour détecter toute intrusion.

— S'il y a un problème, tu viens me chercher.

— O.K.

— Allô ?

— Salut Em', c'est Flavie !

— Salut, ça va ?

Tenue au courant en temps réel via sa messagerie cryptée, l'aînée des Le Cunff n'ignorait pas qu'une partie du groupe s'était lancée à la poursuite de Littell et Bondurant. Elle appelait pour tout autre chose. Emma grimpa jusqu'au salon pour améliorer la liaison.

— Dis-moi, Tim vient de m'appeler. Il me demandait si vous aviez eu la confirmation de la réservation que JMJ avait faite à l'hôtel pour lui et ses parents. Je lui réponds quoi ? Tu crois que c'est une bonne idée de les faire venir dans ce champ de mines ?

Emma avait complètement oublié ça. Tim et ses parents dans une Normandie transformée en Fort Alamo ? Pas sûr que la chose soit profitable à son petit ange blond…

— Attends, je regarde déjà ce qu'il en est de l'hôtel.

Elle grimpa les marches deux par deux et se plaça devant l'ordinateur de sa chambre, démarra la bécane et entra la clé de cryptage dont le numéro était caché sous le pied de la lampe. La machine moulina pendant une bonne minute sans que rien ne se passe. Elle s'impatienta.

— Je passe dans la piaule de Lucas. Son ordi à l'air de mieux fonctionner que le mien… Les deux Amerloques se sont mis en mouvement avec toute la bande sur leurs talons. Il faut que je me dépêche. Comment vont les parents ?

— Couci-couça…

— Choucroute ?

— En partie. Mais maman est surtout d'une humeur massacrante parce qu'une des maisons qui l'emploient depuis 10 ans vient de mettre fin à son contrat. Au motif qu'elle n'arrivait plus à suivre les nouvelles tendances et que ses dernières créations faisaient un peu trop *années 80*. Tu peux imaginer ça ? Autant te dire que la Mère supérieure a pris cela très mal. Sa phrase rituelle, qu'elle répète du matin au soir – « Ces vieux chameaux me prennent pour une vieille dinde » – a un peu trop fait marrer papa. Elle s'en est aperçue. Depuis, c'est Verdun, une vraie guerre de tranchées !

— Je vois ça d'ici… Alors, voyons voir si JMJ m'a envoyé le mail de confirmation… Oui, je l'ai… Leur chambre est bien réservée. En fonction de la suite des événements, on maintient leur venue ou pas. Je verrai ça avec les autres. Bon, faut que je file Flavie…

— Tu crois qu'ils vont les retrouver ?

— Oui. Ça m'embête de l'avouer, mais je crois que ce cinglé de major a bien réussi à les mettre sur écoute sans qu'ils s'en rendent compte. Aller, bye !

— Bye !

Emma referma la fenêtre du navigateur qu'elle avait ouverte pour consulter ses e-mails. Restaient à l'écran celles qu'utilisait Lucas pour on ne sait quelle recherche…

Elle y jeta un bref coup d'œil.

Des orchidées.

Ça sentait le cadeau de remerciement pour Liu Yi.

Ça respirait l'hommage de la victime à son sauveur.

Lucas la Classe préparait une surprise.

Elle ouvrit les autres onglets.

Neottia nidus-avis.

Des pages et des pages sur l'orchidée Neottie nid-d'oiseau.

Elle fronça les sourcils, réfléchit quelques secondes.

La Terre au carré, l'émission de Mathieu Vidard sur France Inter.

Le sang d'Emma se glaça.

Elle se rua sur son téléphone.

26
IL PLEUT DU PLOMB

Au même moment, sur la D928, entre Isneauville et Neufchâtel, le convoi s'était étiré. Aris' et Jeanne étaient silencieux dans la voiture de tête, qui circulait à vitesse moyenne, trois kilomètres en amont de la Mercedes de Littell et Bondurant. Jeanne suivait l'écho de la berline sur l'écran du terminal GPS et Aris' le Pilote regardait inutilement dans son rétroviseur, au moins trente fois par minute.

La voiture de queue conduite par le major conservait une distance de sécurité analogue, mais en retrait. La Mercedes restait hors de vue de tous – donc eux aussi –, mais son signal était stable et régulier et elle était prise en sandwich à distance, sans possibilité de disparaître.

À la sortie de Quincampoix, l'allure du bolide allemand augmenta sans raison apparente. Jeanne en informa Aris' le Prudent.

— Les tueurs accélèrent.

— De beaucoup ?

— Oui. Ils sont à 120 et ça augmente… 125…

— Appelle James.

Une tonalité. La voix de JMJ résonna dans l'habitacle.

— Oui ?

— Vous avez vu ?

— Oui, ils accélèrent sec. On fait pareil. Quant à vous, augmentez la cadence, mais sans forcer. On veut voir ce qu'ils nous préparent.

— Compris.

Moins de 15 secondes plus tard, une calandre noire et acier apparut dans le rétro d'Aris'. Il monta à 110 et stabilisa. Une longue ligne droite s'ouvrait devant lui.

— Ils sont à combien ?

— 140… 145…

Les phares qui n'étaient que deux petites étoiles dans la brume grossissaient, devinrent deux lunes puis deux soleils.

— James ? Ils vont nous doubler.

— Laissez-les faire. On n'est pas loin. Attends, ça bippe… C'est Emma qui essaie de m'appeler… Je verrai ça plus tard…

JMJ ne prit pas l'appel pour rester en communication avec la voiture de tête. Il vit la berline noire faire un écart subit sur la gauche et doubler la R16 d'Aris'. Elle accéléra encore et avala la ligne droite de quatre kilomètres en un battement de cils. Un virage et elle disparut !

— Accélérez major.

— Bien monsieur.

Towsend appuya sur la pédale d'accélérateur et la CX bondit comme un fauve affamé. L'immense capot paraissait dévorer l'asphalte. En quelques secondes, ils rejoignirent Aris' et Jeanne.

Le téléphone de JMJ sonna à nouveau.

Emma.

Deux fois en une minute ? Ça sentait l'urgence.

JMJ décrocha.

— Qu'est-ce qu'il y a Emma ?

— ARRÊTEZ LA POURSUITE !!! C'EST UN PIÈGE !!!

L'équipage était à 120 km/h et aborda un virage serré. Aris' décéléra. Le major avait clairement entendu Emma hurler dans le téléphone. Le major connaissait la musique et savait ce qu'il avait à faire. Il écrasa l'accélérateur, ouvrit sa vitre et doubla Aris' en plein virage, puis attrapa son frein à main et le releva d'un geste sec. Le monstre d'acier partit en dérapage contrôlé et se glissa perpendiculaire à la route. Trente mètres après la sortie du virage, la Mercedes barrait la route par le travers. Allongée sur le coffre arrière et le capot avant, Bondurant et Littell ouvrirent le feu avec des fusils d'assaut AR 15.

La CX s'arrêta parallèlement à la Mercedes. Towsend prit la nuque de JMJ dans sa main droite et le coucha sur ses genoux. Les balles s'encastraient dans les flancs de la CX avec des *klongs* et *schlangs* aux sons creux.

Emma hurlait dans le combiné. Emma suivait par téléphone l'averse de plomb qui criblait le véhicule de JMJ et du major et voyait ses amis mourir à distance.

Elle entendit ensuite un immense fracas.

Aris', qui suivait de près, n'eut pas les mêmes réflexes que le major. Il encastra la R16 dans la CX dans un bruit assourdissant de tôles froissées. JMJ et le major furent projetés vers l'avant et se rapprochèrent dangereusement de la Mercedes. Le commando de Sa Majesté, allongé sur JMJ, glissa sa main sous son siège pour saisir son arme et la sortit par la vitre baissée en lâchant six coups au jugé. Au bruit, il savait qu'il avait touché la berline de Littell et Bondurant. Ce qui lui donna une demi-seconde de répit pour se relever et ajuster deux tirs qui firent exploser les vitres passager. Les deux agents glissèrent contre le flanc opposé pour mettre les trois tonnes d'acier *made in Germany* entre eux et le major Flingueur.

Qui sortit de la CX.

Qui avança bras tendus en allumant les points névralgiques du véhicule ennemi.

Le moteur reçut deux projectiles et un jet de vapeur sous pression se mit à siffler. Le pneu avant explosa.

Le major poursuivit son carton, termina son chargeur, rechargea en un mouvement réflexe et se remit à tirer.

Entre deux coups de feu, il entendit la voix douce de JMJ.

— Major ? Vous pourriez arrêter votre séance de ball-trap ?

La Mitrailleuse du Devonshire se retourna pour voir quatre hommes cagoulés qui pointaient leurs armes sur ses compagnons.

Il baissa le bras au moment où Littell se redressa et leur lança, tout sourire et dans un français parfait :

— Nous devrions aller continuer cette gentille conversation ailleurs, quelqu'un pourrait arriver.

Un fourgon noir émergea d'une sente qu'ils n'avaient même pas remarquée. Les portes arrière s'ouvrirent. Aris', Jeanne, JMJ et le major maintenant désarmé y montèrent.

Jeanne s'était ouvert le front et une rigole de sang ruisselait sur son œil gauche. Aris' se tenait la poitrine, le choc lui avait encastré le volant dans les poumons. Il était livide.

Le piège avait parfaitement fonctionné.

Claire Bondurant, en bonne citoyenne respectueuse des lois, s'en alla placer des triangles de signalisation aux limites de l'accident et avant le virage, histoire de ne pas créer un carambolage. Elle grimpa dans le fourgon qui prit le large. Elle sortit de sous un siège une boîte de premier secours et, très professionnelle, désinfecta la plaie de Jeanne et lui appliqua une compresse sur le front !

Fin de l'opération.

L'embuscade n'avait pas duré plus de 50 secondes.

Emma, le téléphone dans les mains, à 15 kilomètres de là, était pétrifiée.

Elle pensait que ses amis étaient morts.

Le téléphone dans ses mains lui apprit le contraire. Il vibra.

Un sms de JMJ, le dernier, envoyé en douce : « 165.165.219 ».

Trois trios de chiffres séparés par deux points.

Emma reprit un peu de mordant.

Elle savait très bien ce que signifiait cette série de chiffres. Et surtout, cela indiquait que JMJ était en vie et qu'il voulait la voir à la manœuvre pour ce qui serait peut-être le dernier combat de la Guilde.

Elle n'avait pas le droit de faiblir.

Les quatre prisonniers menottés dans le fourgon furent soumis à la fouille.

Leurs téléphones disparurent. JMJ pria pour qu'Emma ait la bonne réaction.

On leur mit un sac en tissu noir sur la tête. La nuit s'abattit sur quatre paires d'yeux.

La nuit menaçait d'emporter toute l'organisation.

Avant de rejoindre Lucas et Liu Yi, Emma dut élaborer une stratégie.

La nature de son engagement changeait à mesure qu'une haine sauvage éclatait dans sa poitrine.

Elle se força à évacuer toute colère pour construire une vengeance de fer, en toute lucidité.

Presque immédiatement lui apparurent les contours nets de ce que seraient ses vingt prochaines heures.

L'enchaînement de ses pensées était surprenant de précision.

Les tâches s'alignaient en une *check-list* formelle et rigoureuse.

Une phrase apparut en lettres de feu devant ses yeux. Le titre de sa liste.

KILL THE TRAITOR.

TUER LE TRAÎTRE

Elle se dit que, tout compte fait, le major Towsend avait réalisé un travail de formation remarquable.

27
UN COUPABLE IDÉAL

Se concentrer.

Devenir plus dure que la pierre la plus dure, plus aiguisée que la lame la plus aiguisée.

Emma sentit sa personnalité changer. Elle assistait à sa mue, détachée d'elle-même.

Elle se vit mûrir et s'endurcir, comme si un processus biologique accéléré modifiait son ADN à la façon d'une mutation dans un film de série B. Elle ferma les yeux, s'imposa quelques exercices de souffle : inspiration, expiration, inspiration, expiration, en récitant un mantra qui armait sa résolution – « Je suis une guerrière, je suis une guerrière, je suis une guerrière. » Elle tendait à l'apaisement. Y parvint presque : « Je dois élaborer une réponse calibrée pour résoudre une situation critique, je dois découper mon action en phases successives et réussir chaque étape. »

Elle était calme maintenant.

Elle passa dans la salle de bains. Elle regarda son visage dans la glace.

À gauche, une longue mèche de cheveux était devenue blanche. Pas grise, non, blanche comme le marbre, ce qui rendait le roux de sa chevelure encore plus flamboyant.

Elle prit peur. Se contrôla.

Cette mèche blanche était sa première cicatrice.

Et la marque de sa nouvelle détermination.

Agir.

Agir vite et avec justesse.

Première phase : prévenir Lucas et Liu Yi.

Elle quitta la chambre de son ami pour retourner au laboratoire.

Arrivée dans le salon, elle accéléra et se mit à courir pour finalement débarquer dans le repaire comme une furie :

— Ils sont tombés dans un piège. J'appelais JMJ pour gérer une banale réservation d'hôtel quand l'enfer s'est déchaîné. Je ne vois pas comment ils ont pu survivre à la fusillade que j'ai entendue dans le téléphone. Lucas… Ils sont peut-être tous morts…

— QUOI ????

Lucas avait bondi. Liu Yi aussi. Ils étaient tous les deux debout, d'une pâleur extrême. Lucas regarda la mèche blanche d'Emma et ouvrit des yeux immenses. Un son guttural, à mi-chemin entre le cri et le sanglot, se coinça dans sa gorge. La main de Liu Yi se posa sur l'épaule du garçon, un geste paternel et doux qui ne produisit aucun effet. Lucas serra les poings et les dents. Il voulait se battre sans comprendre que c'est trop tard. Il refusait d'envisager la mort de ses compagnons. Cette information ne pouvait tout simplement pas être acceptée. Emma regarda la scène en dehors d'elle-même. Elle activa la deuxième étape.

— Vous devez aller tous les deux dans le parc pour vérifier les senseurs et les caméras et revenir ici très vite. Ce sont les dernières consignes de JMJ. Faites-le TOUT DE SUITE.

Liu Yi et Lucas étaient hébétés. Ils avaient le regard vide de soldats ayant survécu à un bombardement massif. Ils hochèrent la tête et partirent comme des automates pour faire ce qu'Emma leur avait demandé. Elle les entendit remonter, traverser le salon et le bruit de leurs pas s'estompa.

Lancement de la troisième étape.

Elle fila au pupitre. Elle entra le code d'accès au système sécurisé d'Aris' : 165.165.219.

Des fenêtres s'ouvrirent en cascade.

Cap sur la messagerie, en douceur.

Elle envoya son message d'alerte au réseau d'agents installé aux États-Unis : « URGENT. NE BOUGEZ PAS. NE VOUS METTEZ PAS SUR LES TRACES DES DIRIGEANTS DE MARABON. C'EST UN PIÈGE. ACCUSEZ RÉCEPTION DU MESSAGE SVP. »

Elle consulta l'horloge murale. Il était 8 h 45. Donc six heures de moins à New York.

Il y avait fort à parier que personne ne répondrait avant plusieurs heures.

Cette pensée la tétanisa. Cette idée lui donna la nausée.

Mais à sa grande surprise, les réponses affluèrent immédiatement.

Une dizaine de « O.K. » déboulèrent sur l'écran.

La branche américaine de la Guilde, composée de couche-tard ou de lève-tôt, venait d'échapper à la décapitation.

Emma y vit un signe.

Un nouveau message maintenant.

Plus compliqué à formuler que le précédent.

Elle réfléchit quelques instants et se lança.

Une requête en dix lignes pour compenser leur isolement face à des ennemis terribles.

Accepterait-il ?

Elle attendit. Cinq minutes passèrent, puis dix. Elle se projeta dans la tête du commissaire divisionnaire Anquetil.

Elle vit presque le cheminement de ses pensées à lui, elle l'imagina soupesant les risques et analysant les conséquences, coincé dans son bureau réglementaire, sur sa chaise réglementaire.

Une réponse arriva.

Laconique.

C'était NON.

Emma ne se démonta pas. Emma répondit en insistant sur sa détermination à aller jusqu'au bout. Avec ou sans lui.

Elle insista sur le caractère hautement inflammable de la situation.

Nouvelle attente.

« Très bien. À ce soir. »

Une soupape se relâcha, Emma expira un peu d'air vicié prisonnier de ses poumons ; l'appui d'Anquetil était décisif.

Au tour de Luis.

Un sms.

Et une confirmation bienvenue.

Elle respira plus librement, les planètes s'alignaient.

Emma procéda à quelques réglages, vérifia le résultat de ses manipulations informatiques sur un petit écran, enclencha une commande « RECORD » et éteignit la console.

Elle récupéra les clés USB qui étaient alignées sur le bureau et les mit au coffre. Le meuble blindé à serrure électronique qui jouxtait le bureau avait la même combinaison que le réseau sécurisé. 165.165.219.

Tous les secrets de la Guilde allèrent s'y cacher.

Elle alla se poser sur le sofa du petit salon du laboratoire pour écouter le podcast de l'émission de France Inter, cette *Terre au Carré* qui avait tout éclairé.

Elle était si calme que cela lui faisait presque peur.

Quelque chose était-il mort en elle ?

S'était-elle transformée en robot-tueur ?

Quinze minutes plus tard, elle entendit les deux vigies revenir. Elle éteignit son téléphone. Elle inspira profondément.

Place à l'acte 4.

— Alors ? Tout est en place ?

— Tout est O.K. dans le parc. Nous avons effectué une reconnaissance discrète jusqu'à la route : aucun véhicule suspect. Emma que s'est-il passé ?

— Un guet-apens à la sortie d'un village. Ils ne leur ont laissé aucune chance. Soit ils sont morts, soit kidnappés.

Lucas n'arrivait toujours pas à refaire surface. Il menaçait de repartir en catatonie. Ses traits étaient figés, ses mains tremblaient. Emma devait poursuivre. Emma ne pouvait pas être le réconfort et la douceur à ce stade. Ce serait pour plus tard.

— Très bien.

Elle fut agitée d'un long frisson. Elle eut peur de craquer. Elle plongea ses yeux dans ceux de Liu Yi.

— Vous êtes notre dernier espoir Liu Yi. JMJ veut que nous veillions sur le sanctuaire d'Aris' et que nous fassions « le ménage » en détruisant les documents les plus sensibles. Vous seul êtes en mesure de nous aider à sauver nos amis. Je sais qui est à la manœuvre, je connais le nom de l'allié de Marabon, celui qui a la haute main sur tout ici, en Normandie, celui qui tire toutes les ficelles de la conspiration.

Les yeux de Liu Yi brillèrent d'un éclat d'obsidienne. Emma ne le quittait pas du regard.

— Kemper D. Smith, de la Duke Kunshan University vous a demandé de soumettre son nom aux organisateurs de l'exposition pour qu'il puisse participer à son élaboration, je me trompe ?

— Non... Mais comment le savez-vous ?

— Parce qu'il m'a menti et dit le contraire !

— Pardon ?

— Il m'a dit que c'est vous qui l'aviez contacté pour qu'il vienne, or ça ne tient pas. C'est forcément lui qui vous a sollicité pour s'incruster dans le groupe de chercheurs. Pour avoir une couverture afin d'agir ici en toute discrétion.

— LE TRAÎTRE !

— Hein ? Kemper Smith ? Explique-toi...

Lucas ne comprenait rien. Emma se tourna vers lui et, très lentement, assèna quelques vérités qui firent mouche.

— Kemper D. Smith, spécialiste du pommier kazakh, professeur dans une université américano-chinoise, l'interface parfaite entre Marabon et la forêt primaire de pommiers des monts Tian Shan qu'il a l'habitude de visiter... L'homme-clé. L'homme-orchestre de Marabon. La multinationale est installée à Saint-Louis, dans le Missouri et la Duke Kunshan est en Caroline du Nord. À mi-chemin entre les deux villes, Nashville, Tennessee… Je continue ?

Lucas vit tout s'éclairer en cinémascope. Lucas recomposait le complot et assemblait quelques pièces du puzzle. Il était loin d'avoir le tableau d'ensemble, mais il faisait confiance au pouvoir d'analyse d'Emma pour combler ses lacunes et remplir les blancs. Liu Yi serra les dents et prit la trahison du chercheur américain comme une humiliation personnelle et un camouflet indépassable.

— Que voulez-vous que je fasse, Emma ?

— Retournez au jardin, Liu Yi, s'il vous plaît… Et arrangez-vous pour surveiller ce salaud sans jamais le quitter des yeux. Luis m'a confirmé que Smith passerait bien la journée avec les autres chercheurs. Ce qui nous importe, c'est ce qu'il fera entre les séances de travail, et à la fin de la journée. Acceptez-vous de faire cela pour nous ?

— Naturellement. Vous pouvez compter sur moi.

— Avant de partir, pouvez-vous surveiller le laboratoire quelques minutes pendant que Lucas et moi allons planquer le matériel du major ? Si les choses se compliquent et que la police fait une descente, ce serait bien qu'elle ne trouve pas l'arsenal du Fou d'Exeter, posé en tas dans le garage…

— Allez-y, je veille.

Emma prit la main de Lucas dans la sienne et l'attira à sa suite. Jamais elle ne s'était sentie aussi capable du pire. Ses ennemis allaient payer très cher ce qu'ils venaient de faire.

Emma avait basculé dans une zone dangereuse où la violence n'était plus taboue.

KILL THE TRAITOR.

TUER LE TRAÎTRE.

28
UN MONDE DE CENDRES

11 h 55. Liu Yi était reparti au jardin deux heures et demie plus tôt et il envoyait des messages de situation toutes les trente minutes. Il avait pris place sur un banc, en face du Pavillon, d'où il voyait clairement Kemper D. Smith travailler dans la grande salle. Le traître faisait ses recherches avec ardeur ; le traître était en bras de chemise, plein d'un enthousiasme feint.

Lucas sentait, à la description que leur en faisait Liu Yi, qu'il avait envie de réduire Kemper Smith en purée.

Sans attendre et sans autre forme de procès.

Emma était détachée, elle flottait très loin des analyses de Lucas sur le ton employé par Liu Yi.

Elle se repassait mentalement tous les éléments à préparer pour la nuit prochaine.

Elle avait réussi à apaiser – un peu – les craintes de Lucas. « Nos amis ne sont pas morts et nous allons les retrouver. Fais-moi confiance. »

Il avait voulu connaître les détails, savoir de quelles cartes elle disposait. Elle lui avait opposé très doucement – mais très fermement – une fin de non-recevoir. « Laisse-moi encore quelques heures et je te dirai tout. »

Il avait fait contre mauvaise fortune bon cœur. Le regard d'Emma Mèche-Blanche n'offrait pas la moindre possibilité de faille, c'était plus que visible.

Lucas était effrayé. Lucas sentait le sol se dérober sous ses pieds.

Elle se demanda comment engager la phase suivante.

Ce serait la plus difficile à mener, celle qui leur ferait le plus de mal.

La dernière étape, avant le triomphe ou la mort.

Elle soupesa le pour et le contre, le faire maintenant ou attendre, et décida de différer cette séquence.

Elle n'avait pas le courage de taper aussi fort avant de s'être reposée.

Elle alla leur chercher de quoi manger.

Ils grignotèrent quelques fruits secs du bout des lèvres.

L'appétit est une denrée rare en période de dangers mortels.

Un silence pesant s'installa. Les rares tentatives de Lucas pour engager la conversation se soldaient par des échecs. Emma Mèche-Blanche brûlait de l'intérieur, se consumait en silence.

Lucas lutta jusqu'à 13 h 30, puis sembla sur le point de s'évanouir.

Une immense fatigue le cueillit, l'assomma plutôt.

Quoi de plus normal, hein ?

Après tout, en moins de 24 heures, il avait vécu une tentative de meurtre, une nuit presque blanche et des coups de théâtre en cascade qui l'avaient mis sur un grand huit émotionnel… dont les wagons n'étaient pas près de s'arrêter.

Emma insista pour qu'il aille s'allonger. Toutes les caméras et les senseurs du major étaient fonctionnels, il pouvait dormir tranquille. Elle enfonça le clou en lui annonçant qu'elle aurait besoin d'un complice en pleine forme pour survivre à la nuit prochaine.

Lucas voulut connaître son plan, mais elle s'y refusa à nouveau : « Pas avant que tu aies dormi. »

Il renâcla mais accepta.

Elle avait enfin le temps de vérifier les enregistrements.

Ils confirmèrent toutes ses hypothèses. Elle était au-delà de la surprise et de la colère.

Elle s'allongea sur le divan du laboratoire.

Elle ferma les yeux.

Les rouvrit pour envoyer un message à sa sœur.

« Aurais-tu la gentillesse de creuser EN PROFONDEUR le dernier nom que je t'ai transmis, celui dont tu m'as dit qu'il était “propre”. J'AI DE SÉRIEUX DOUTES. Et, pendant que tu y es, pourrais-tu me trouver les plans du cadastre au moment de la création du Jardin des Plantes ? J'aimerais avoir les plans d'origine si possible. »

Flavie accusa réception et lui répondit : « Je m'en occupe. » Emma ne lui dit pas que la Guilde était en passe d'être désintégrée et que tous leurs compagnons avaient été enlevés.

À quoi bon l'inquiéter.

Elle s'accorda un répit.

Elle se laissa glisser dans le sommeil.

Elle savait que rien n'arriverait cette après-midi.

Emma était une sorcière qui lisait l'avenir dans les racines des pommiers et dans les yeux des lombrics aveugles.

Ses rêves étaient agités, pleins de bruit et de fureur.

Elle vit Lucas mourir sous les balles et JMJ incarcéré dans la carcasse d'une CX 2200. Elle entendit Jeanne hurler et Aris' sangloter.

Elle se réveilla en sursaut.

Au-dessus d'elle, Lucas. Ses cheveux étaient mouillés. Il sentait le savon. Les cernes qui noircissaient le contour de ses yeux avaient disparu. Il lui sourit tristement. Elle regarda l'heure. Il était 18 h 30. Elle avait dormi quatre heures.

— Tu me l'exposes, ce plan ?

— O.K., *Batman*. Mais avant, on passe un petit coup de fil à Liu Yi.

Elle s'exécuta, toujours allongée sur le sofa. L'homme aux orchidées décrocha à la première sonnerie. Non, pas de mouvement suspect de la part de Smith. Oui, il poursuivait sa surveillance. Emma lui annonça qu'ils dormiraient au domaine et qu'ils viendraient demain au jardin. Elle insista pour qu'il les appelle en cas de changement.

Elle raccrocha, se leva, un peu vacillante, et le conduisit jusqu'à la console. Elle lui pressait la main avec tendresse et le regardait avec une grande douceur.

— Je te préviens, les images que tu vas voir sont dures à avaler...

Lucas haussa les sourcils d'un air étonné.

Elle l'installa, lui posa la main sur l'épaule et lança les enregistrements.

Il se raidit. Tous ses muscles se contractèrent.

Lucas bascula dans un abîme de cendres.

Le monde, son monde, s'effondra dès la première image.

Liu Yi. Son ami. Son mentor.

LIU YI ÉTAIT LE TRAÎTRE.

Lucas se retourna vivement. Emma ne le regardait pas, mais fixait l'écran, le visage immobile, la mâchoire crispée. Elle savait ce qu'il ressentait et ne voulait pas voir ses traits dévastés. Les yeux de Lucas allaient de l'écran à Emma et d'Emma à l'écran. Sa bouche s'ouvrait sur un cri muet. Jusqu'à l'explosion. Il se leva d'un bond, il cria, il hurla, insulta la terre entière. Il envoya balader la chaise, mit un coup de pied violent dans le coffre-fort, se fit mal, puis se vengea sur le bureau d'Aris' qu'il roua de coups.

Les écrans tremblèrent, les classeurs tombèrent.

Emma encaissait les coups de Lucas aux objets comme s'ils lui étaient destinés. Elle souffrait mille morts de le voir à ce point anéanti.

Elle ramassa les dossiers et la chaise et plongea ses yeux dans ceux de son ami. Son regard à elle disait : « Je sais, c'est immonde » ; le sien éructait : « Comment peut-on être aussi dégueulasse ? » Les traits d'Emma s'adoucirent pour délivrer un message de confiance : « Nous allons résoudre ça ensemble et la vérité triomphera. » Leur communication muette leur fit franchir des étapes. Ils se rapprochèrent. Ils fusionnèrent.

Lucas s'abattit plus qu'il ne s'assit sur la chaise perdue au milieu du labo.

Il se prit la tête dans les mains.

Et pleura.

Abondamment.

Sa fraîcheur permit que colère et malheur puissent sourdre dans les larmes

Et lui évita d'étouffer sous un édredon de haine.

Ils avaient vieilli de dix ans en une journée.

Emma se dit qu'ils étaient trop jeunes pour se frotter à une duplicité aussi pure. Pour lutter contre cette perversité sans limite, déclenchée par la cupidité et la quête du pouvoir.

Sur les bandes de visionnage ?

L'amoureux des orchidées qui passait le laboratoire d'Aris' à la fouille pendant qu'ils cachaient les armes du major ; excuse trouvée par Emma pour confondre leur « ami ». Liu Yi qui photographiait avec un petit appareil la carte des bases secrètes et qui sortait un terminal miniature pour copier le contenu des clés USB. Liu Yi qui fouillait le bureau à la recherche de ces clés qu'Emma avait pris soin de mettre au coffre. La bande était muette, mais ils le voyaient taper de la main sur le bureau, furieux de ne pouvoir récupérer toutes les données sur la Guilde afin de la détruire.

Emma savait depuis la découverte des pages sur la *Neottie nid-d'oiseau* laissées ouvertes par Lucas sur l'ordinateur de sa chambre que Liu Yi était LE TRAÎTRE. Le cerveau d'une opération de mystification immense et concertée visant autant à mettre la main sur le marché mondial de la pomme qu'à détruire la Guilde.

Dix milliards de dollars et l'assurance de se débarrasser une bonne fois pour toutes de ces foutus chevaliers blancs de la biodiversité ? Une carotte bien trop appétissante pour que les prédateurs de l'environnement, Marabon et l'organisation de Liu Yi, y renoncent.

Le fait qu'il n'ait pas pu mettre la main sur les clés USB ?

L'assurance-vie pour Aris', JMJ, Jeanne et le major, mon ami.

Sans ces données, la pieuvre ne pouvait pas finir le travail. Sans ces dossiers, l'opération criminelle était un échec partiel très lourd de menaces.

Lucas se calma. Lucas rembobina ses quatre derniers jours pour tenter d'effacer toutes les séquences où son admiration pour Liu Yi s'était transformée en amitié.

Il repensa à JMJ et à Aris', des hommes valeureux et francs.

Lucas prit conscience que tout cela avait dû être très finement préparé et qu'un des éléments centraux de son intoxication tenait à ses relations brisées avec son père.

Liu Yi était au courant.

Liu Yi l'avait espionné. Durant des semaines. Ou des mois peut-être. Pour trouver son point faible et y injecter son venin.

Sa détestation pour le traître se nourrit de cela. L'homme aux orchidées l'avait coincé à la manière d'une secte qui enrôle ses victimes en leur promettant aide, compréhension et bienveillance. La manipulation mentale élevée au rang d'art majeur, un embrigadement dévastateur.

Si Emma réfléchissait et raisonnait, Lucas avançait par intuition et par à-coups.

Et il était rapide.

En quelques minutes, instinctivement, il avait reconnu son propre statut de victime. Il n'était pas responsable. Il était une victime. Le reconnaître était capital. Il le pressentait sans se rendre compte vraiment qu'il atteignait là, déjà, une étape fondamentale dans le processus de guérison. Il était encore confus. Il s'ébroua. Emma le vit renaître. Il voulait d'elle qu'elle lui détaille toutes les étapes de cette perfidie, qu'elle lui résume tout son raisonnement pour qu'il puisse comprendre. Il avait repris son calme. Ce gars-là était un guerrier comme elle était une guerrière. JMJ ne s'était pas trompé dans son recrutement. Quand il parlait, sa voix était ferme :

— Comment tu as compris ?

— La Néottie nid-d'oiseau.

— Quoi ??? Mais c'était mon cadeau pour ce fumier !!!

— Oui, et par un amer clin d'œil de l'histoire, c'est par elle que nous l'aurons confondu !

— Je ne comprends rien...

— Je vais tout t'expliquer mais il faut qu'on y aille. Je te raconterai tout ça dans la voiture.

— La voiture ? Quelle voiture ?

— Mais celle de la cavalerie, mon gars.

29
EMMA LA DINGUE

Le commissaire divisionnaire Anquetil n'avait rien d'un rigolo et les deux inspecteurs qui l'accompagnaient ne semblaient pas non plus très portés sur la plaisanterie.

La voiture banalisée du trio les attendait discrètement à l'arrière du domaine, moteur tournant. Les trois flics fumaient des cigarettes, appuyés contre l'aile du véhicule, la mine renfrognée.

Emma ne s'attendait pas à un accueil formidable. Forcer la main d'un commissaire divisionnaire au motif qu'un vieil hurluberlu était son ami, lui résumer en dix lignes que la Normandie était l'épicentre d'un conflit planétaire qui risquait de voir une partie de l'agriculture mondiale sombrer dans un gouffre. Lui assurer qu'il aurait toutes les réponses à ses questions le soir même, mais qu'il serait sage d'envoyer une dépanneuse sur la D928 à la sortie de Quincampoix pour évacuer les restes d'une embuscade menée au fusil d'assaut… tout cela ne pouvait que rendre maussade un fonctionnaire de police qui avait déjà fort à faire.

— Vous avez intérêt à me donner des réponses qui me satisfassent, Le Cunff! Emma vous montez devant. Lucas, à l'arrière avec Dumouchel et Langlois.

Au moins, les présentations étaient faites. Ils grimpèrent dans la voiture, bouclèrent leurs ceintures et le commissaire passa la première.

— Alors?

Emma allait être obligée de donner des gages et de lever un coin du voile sur la Guilde. Elle avait tourné ça dans tous les sens et aucun autre moyen de s'assurer du concours d'Anquetil n'était apparu. Elle éviterait juste de parler de la branche armée de l'organisation et du major la Crame, si c'était possible.

— Lucas, Jean-Marie James, Aris' et moi appartenons à la guilde des Jardins du Roi…

— Qu'est-ce que c'est que cette connerie?

— Soyez poli, commissaire. La Guilde est une société secrète et savante qui existe depuis plus de 300 ans! Elle a été fondée en 1718 par Pierre Chirac, surintendant du Jardin royal des plantes médicinales sous Louis XV. Elle a désormais pour objet la défense de la biodiversité et du vivant.

Emma se dit qu'un peu plus de pragmatisme ne nuirait pas à son exposé.

— En clair, notre boulot consiste à mettre des bâtons dans les roues aux pourritures qui portent atteinte gravement à l'environnement, qui tentent de privatiser le vivant au profit d'intérêts douteux, qui déforestent, qui massacrent et anéantissent des écosystèmes fragiles et des espèces menacées pour se faire du fric…

Dumouchel, dont l'énorme carcasse écrasait Lucas, riait sous cape :

— Ça doit faire un paquet de monde…

— Beaucoup, en effet. Beaucoup trop. Il y a quelque temps, Lucas, JMJ et moi avons entravé une opération lancée par le milliardaire du Web Hookman et la multinationale des pesticides Marabon visant à s'accaparer une partie du patrimoine végétal à l'échelle du globe…

— Hookman et Marabon, c'était vous ??? Ne me racontez pas de salades, hein, je peux vérifier !

— Appelez les inspecteurs Degois et Martineau, à Nantes, ils confirmeront.

Anquetil avala sa salive. La poupée de son, assise à côté de lui, commençait à lui foutre les jetons. Marabon, c'était quand même du lourd. Ça, plus les Chinois enlevés, ça promettait du vilain.

— Continuez.

— Quand JMJ a été prévenu par Aris' que les vergers de la région étaient attaqués, il a réussi à nous associer au groupe de chercheurs invités par la ville pour élaborer la grande exposition internationale sur la pomme. Au-delà du caractère scientifique extraordinaire de cette participation pour nous, JMJ voulait qu'on enquête discrètement sur les vergers.

— Et ?

— Et nous sommes tombés dans un piège tendu par Marabon et un de ses maîtres-espions, un certain Liu Yi. Leur but : anéantir la Guilde et faire main basse sur le marché mondial de la pomme…

— Qui pèse plus de 10 milliards de dollars annuels, soit un peu plus que le PIB de l'Érythrée, un pays de la corne de l'Afrique…

Lucas n'avait pas pu s'empêcher. Emma sourit mais ne releva pas :

— Le cerveau du complot, Liu Yi donc, est un spécialiste des orchidées et un redoutable joueur de go. Il s'est incrusté dans la délégation chinoise venue de Ningbo dans le cadre du jumelage avec votre ville. C'est lui qui nous a lancés sur la piste de la multinationale, parce qu'il savait que nous ne pourrions pas résister à l'idée de croiser à nouveau le fer avec elle. Lucas a été l'instrument de cette machination. Deux anciens agents de la CIA sous contrat avec Marabon ont servi d'appâts. Nous nous sommes mis sur leurs talons en associant Liu Yi à toutes nos actions. Ce dernier a organisé une fausse tentative de meurtre sur Lucas et lui a – faussement – sauvé la vie. Dès lors, il était des nôtres. Il nous a dit par ailleurs être membre des Pétales rouges, une organisation asiatique équivalente à la nôtre. Dont il n'avait évidemment jamais fait partie…

— Les Pétales rouges ? Une tentative de meurtre ?

Anquetil jeta un coup d'œil dans le rétro pour voir la tête de ses adjoints. L'affaire filait des suées à l'arrière aussi.

— Pourquoi ce Liu Yi a-t-il pris des risques pareils ? C'est insensé !

— Au contraire, c'est brillantissime. Il l'a fait pour que nous nous découvrions. Pendant que la Guilde se lançait sur les traces de Marabon via ce montage criminel très crédible en Normandie, elle se mettait à nu partout ailleurs, en France et aux États-Unis. Ses membres et ses secrets sortaient de l'ombre. Liu Yi, dans la place, à nos côtés tout le temps, n'avait qu'à se baisser pour tout ramasser et, ensuite, nous achever.

— Et les étudiants chinois ? Pourquoi ont-ils été enlevés ?

— J'ai une certitude et deux hypothèses. La certitude c'est que Lucas a été mis sur écoute après avoir échangé avec eux contacts e-mail et numéros de téléphone, et c'est ça qui a réellement déclenché l'opération. Mes hypothèses maintenant : soit Mu et Meï ont découvert quelque chose et leur message envoyé à Lucas hier signait leur perte. Soit, plus romanesque encore, Mu et Meï font partie des Pétales rouges et leur enquête précédait la nôtre. Nous saurons la vérité quand nous les aurons retrouvés…

Plus personne ne respirait dans la voiture. Le commissaire décéléra. Il ne voulait pas arriver à Rouen avant la fin de l'histoire.

30
EMMA LA DINGUE (PARTIE 2)

Emma était tout à son récit, sans voir la route ni le soleil rasant qui enflammait la campagne. Elle tenait son auditoire en haleine. Elle ménageait ses effets.

— …et nous les retrouverons bientôt, soyez-en sûrs, dans la mesure où un coup de chance m'a permis de démasquer Liu Yi et qu'il ne se doute de rien. Je l'ai chargé de surveiller Kemper D. Smith, conformément à son propre plan… qui va se retourner contre lui !

Anquetil soupira, Anquetil jura :

— Merde Emma, je ne vous suis plus là, c'est qui encore, ce Kemper D. Smith ?

— Un chercheur américain présent à Rouen que Liu Yi a fait inviter pour le faire accuser à sa place. Smith a tout du coupable idéal. Chercheur d'une université américano-chinoise, familier des monts Tian Shan et un fin connaisseur de la génomique des pommiers kazakhs, génomique qui est au centre de tout le versant financier de l'affaire. J'ai fait semblant de tomber dans le panneau et de croire à la culpabilité de Kemper Smith afin de pouvoir avoir les mains libres pour monter cette contre-attaque.

Les trois fonctionnaires n'en croyaient pas leurs oreilles. Cette gamine était complètement givrée. Lucas n'avait jamais été aussi fier d'elle. Il était sidéré par la capacité de son amie à extraire d'une masse de données informe l'Alpha et l'Omega d'une énigme complexe. Toujours sur sa faim concernant la Neottie nid-d'oiseau, il l'interrogea à ce sujet :

— Explique-nous pour la Neottie... Ce coup de chance qui t'a permis de piéger ce salopard !

— *Neottia nidus-avis*, l'orchidée mangeuse d'arbre, est une plante dépourvue de chlorophylle – donc incapable de photosynthèse – qui s'associe à un champignon vivant en symbiose avec un arbre pour intercepter à son profit la nourriture qui circule entre l'arbre et le champignon, sans rien donner en retour.

— En clair ?

— En clair, elle profite de la relation symbiotique qui existe entre le champignon et l'arbre – appelée mycorhize – pour accaparer tous les nutriments puisés par le premier au profit du second. Elle est une sorte de dérivation branchée sur les hyphes du champignon et sur les racines de l'arbre, qui pompe toute l'énergie ! Un vampire qui affaiblit sans tuer, exactement ce que nous constatons dans les vergers depuis notre arrivée. Quand j'ai su que tu voulais en offrir à Liu Yi pour le remercier de t'avoir sauvé la peau, j'ai compris que c'était là son sujet d'étude favori. Et que son sujet d'étude favori, à cette crapule, collait drôlement bien avec le dépérissement mystérieux à l'œuvre ici. Tout ça relevait de l'intuition. Il me fallait une preuve. D'où le petit film que j'ai réalisé quand nous rangions le garage d'Aris' ce matin… La Normandie est leur ballon d'essai avant de déployer leur saloperie à grande échelle.

Lucas hallucinait.

— Comment tu sais tout ça? Je veux dire, sur la *Neottie*?

— Marc-André Selosse, un très grand chercheur, a été invité à l'émission de Mathieu Vidard sur France Inter, *La Terre au Carré,* et il en a parlé. Je kiffe cette émission et j'écoute tous les podcasts. Un sacré coup de bol!

— Et tu crois que…

— Je crois que Liu Yi a créé une sorte d'OGM souterrain de cette orchidée, un dérivé apte à tisser des liens avec les gloméromycètes du pommier et rendu invisible. Introduite dans les vergers, elle agit comme un tueur indécelable qui se répand… Car, selon moi, l'Internet des arbres fait le reste. Une fois contaminé, un arbre contamine les autres et toute la forêt ou le verger tombe, par effet dominos!

— Et tu penses qu'une des souches poussant au Kazakhstan, dans la forêt primaire des monts Tian Shan, est résistante à… à ça?

— Exactement. Une ou plusieurs souches. Je parierais pour plusieurs.

— Et donc la prochaine étape pour eux serait…

— …de récupérer et de cultiver ces souches résistantes en laboratoire, si ce n'est déjà fait, afin de devenir les uniques propriétaires privés des quelques variétés capables de survivre au cataclysme qui s'annonce. Un cataclysme qui s'opérera en deux temps : destruction de la forêt primaire du Kazakhstan, puis implantation de cette saloperie d'orchidée OGM dans tous les grands territoires de production de pommes. Selon mes calculs, l'alliance Liu Yi/Marabon pourrait atteindre un monopole sur ce marché d'ici trois à cinq ans.

— C'est dément…

— Oui.

Langlois et Dumouchel tentaient d'accrocher le regard de leur supérieur. Anquetil était complètement largué. Il avait cinq coups de retard sur la jeune fille. Il devait se rendre à l'évidence, il allait devoir s'en remettre à Emma la Dingue pour la suite ou bien foirer cette enquête.

— Vous pouvez prouver tout ce que vous avancez ?

— Oui.

— Et qu'est-ce qu'on fait maintenant ?

— On leur pète les genoux et on leur brise les reins.

31
LUIS LE DISCRET

Ils arrivèrent à Rouen vers 20 h 30. Chacun méditait sur le gigantesque édifice de mystification construit méticuleusement par Liu Yi grâce aux milliards des pesticides. Chacun analysait l'affaire avec son prisme de compétences et sa sensibilité. Emma considérait le machiavélisme botanique de l'homme aux orchidées comme une merveille perverse. Lucas remâchait sa trahison en maudissant les immenses qualités de manipulateur de Liu Yi. Anquetil ne digérait pas la présence d'une clique d'espions débarquant dans son périmètre avec des armes de guerre pour y foutre la pagaille.

Dumouchel et Langlois semblaient partager ce sentiment.

Le commissaire s'enquit auprès d'Emma de la suite du programme.

— Nous allons au Jardin ?

— Il est trop tôt. Attendons que tout le monde soit parti.

— Et comment allons-nous rentrer ?

— Luis nous ouvrira. Vous n'avez pas faim ?

Anquetil ne savait pas si c'était du lard ou du cochon, si Emma se foutait de lui ou voulait réellement aller casser une graine.

— Vous plaisantez ?

Lucas répondit à la place d'Emma.

— Pas du tout. On n'a rien mangé depuis hier. On a la dalle.

Ils s'arrêtèrent donc dans une brasserie et commandèrent des spaghettis au pesto et de la salade verte. Les flics se contentèrent de cafés serrés.

— Sérieusement, Emma, c'est quoi la suite du programme ?

Lucas pouffa au-dessus de son assiette. Voir ce grand flic demander à Emma la Dingue de se charger de la planification était assez cocasse. Anquetil le fusilla du regard. Emma avala une feuille de salade et répondit tranquillement :

— Liu Yi va devoir bouger très vite et faire parler JMJ et Aris'. Cette nuit. Il sait que son avance ne tient qu'à un cheveu. Il nous croit encore sous son emprise, mais se doute que nous allons finir par comprendre. Il va menacer JMJ de nous tuer pour lui extorquer toutes les informations sensibles. Et JMJ le fera.

Ce sera cette nuit, forcément. Après, cela devient trop risqué.

— Très bien mais comment allons-nous agir? Tactiquement?

— On va monter une souricière.

— Comment, nom d'un chien!!! Le Jardin fait au moins cinq hectares. Il peut s'échapper par n'importe quel endroit. Et on ignore où sont détenus vos amis...

Quelques clients se retournèrent pour jeter un regard courroucé au commissaire. Il bougonna et s'excusa d'un signe de la main. Il continua d'une voix sourde, en grinçant des dents.

— Comment allons-nous faire, *b... de m...*

— Allons, commissaire... faites-moi confiance, j'ai quelques idées sur la question...

À ce moment de la conversation, Lucas se dit qu'Emma poussait peut-être le bouchon un peu loin. Pourtant, sans se démonter, elle sortit le smartphone à encryptage du major sous le regard ahuri de Dumouchel et Langlois qui n'en avaient jamais vu de semblable, pianota dessus et le fit glisser sur la table.

Flavie avait au moins répondu à cette partie de la demande. Question renseignements sur Liu Yi en revanche, on en était au point mort.

Le commissaire jeta un œil sur l'écran. Ses sourcils remontèrent en accent circonflexe sur son front. Emma ne lui laissa pas le temps de formuler sa question.

— Je pense que Liu Yi utilise cet accès pour entrer et sortir du jardin à sa guise. Il y a un passage secret sous le Pavillon.

— Le truc avec le bruit d'eau que Luis nous a montré ?

— Exact Lucas. J'ai le début du tracé sur ce plan du XVIIIe siècle gentiment transmis par Flavie, mais on ignore où il débouche. Il faudra donc attendre notre ami et le suivre pour le savoir.

— Qui est Flavie ?

— Une vieille copine qui travaille aux Archives… C'est sans importance…

Les fonctionnaires décidèrent de ne pas creuser. Ils avaient d'autres chats à fouetter.

— À vue de nez, ça descend vers la Seine.

— On dirait bien…

— O.K. On se met en place.

Trop content de reprendre la main sur quelque chose, Anquetil se leva pour aller payer et dégaina son téléphone pour rameuter des renforts. Il les pré-positionna sur un périmètre lâche qui encerclait le Jardin. En cas de besoin, ils pourraient converger en quelques minutes.

— Il faut que Luis nous fasse entrer discrètement. Lucas, tu peux voir ça avec lui. Et essaie de ne pas trop le faire flipper…

— Compris.

Lucas était en roue libre et avait décidé de s'en remettre à Emma pour la suite. À cette heure, il avait confiance en elle plus qu'en lui-même. Il ne se sentait pas encore assez de mordant pour réinvestir le champ de bataille dans un rôle de pointe. Le statut d'auxiliaire lui conviendrait très bien encore quelques heures.

Il prit le téléphone d'Emma et composa le numéro de l'adjoint au directeur.

L'échange dura quelques minutes. Luis leur ouvrirait par la rue Dufay, située à l'arrière du Jardin. Lucas lui fit promettre la plus grande discrétion, notamment auprès de Liu Yi. Il le sentit se raidir à l'évocation de son éminent collègue désormais suspect, mais il accepta quand Lucas mentionna le nom du divisionnaire Anquetil, qui les accompagnerait.

— En route.

Dix minutes après, ils y étaient. Luis se tenait dans un renfoncement de la grande porte dédiée aux véhicules de services. Il les héla en imitant le cri de la chouette. Il avait passé une sorte de cagoule de ski, des gants de jardinier verts maculés de terre et portait des chaussettes par-dessus ses chaussures « pour les empreintes », leur dit-il en chuchotant. Lucas eut du mal à réprimer un fou rire et le commissaire sentit venir un léger coup de déprime : le monde de la botanique était peuplé de timbrés.

Luis en faisait peut-être beaucoup, mais il connaissait le Jardin comme sa poche et avait eu l'intelligence de prévoir un QG sous la serre au cadran, dans une sorte de cave qui sentait le salpêtre. Les présentations furent vite expédiées et Emma lui expliqua la situation à grands traits. Il pigea le tableau d'ensemble très vite et sa colère monta d'un cran quand on en vint au rôle central joué par Liu Yi. Le commissaire vit Luis jeter un œil sur un gros sécateur posé sur une étagère branlante. Il pria pour qu'il n'ait pas l'idée de s'en servir. Lucas demanda où était le renégat. « Dans sa remise, je l'ai aperçu il y a moins de dix minutes. »

L'adjoint déplia un plan du parc et réfléchit quelques secondes.

— Le mieux, commissaire, serait de poster un de vos hommes ici, dans le Pavillon, au premier étage, et le deuxième ici, dans la serre de mise en culture. Elle jouxte la serre tropicale et bénéficie d'une entrée discrète par l'arrière. Dès que ce vendu sortira, l'alerte pourra être donnée.

— Très bien.

— Lucas et Emma, vous pourriez vous cacher juste au-dessus de là où nous sommes, dans la serre au cadran. Elle offre une vue en plongée sur le chemin qu'il devra emprunter pour se rendre au Pavillon. Et s'il prend un autre itinéraire, vers le collège Lecanuet et la rue Pinel, nous serons sûrs de le remarquer si vous, commissaire, vous vous placez ici, et moi ici. J'ai récupéré les *talkies-*

walkies des jardiniers. J'en ai suffisamment pour tout le monde, je vous propose de les utiliser. Ils assurent des transmissions parfaites, même dans les caves et les bâtiments, ce qui n'est pas toujours le cas avec les portables, vu l'épaisseur de certains murs.

Luis le Déguisé avait de la suite dans les idées. Luis le Discret avait un sens inné de l'organisation.

Emma était surprise par la qualité du dispatch.

— Vous êtes un sacré planificateur !

Il lui adressa un rapide clin d'œil.

— Une petite formation avec notre vieil ami d'Exeter m'a enseigné quelques rudiments...

Lucas et Emma en restèrent bouche bée.

Merde alors !

Luis faisait partie de la Guilde !

Ni Aris' ni JMJ ne les avaient avertis.

Luis était leur joker en cas de pépin, un atout maître pour couvrir leurs arrières !

Luis le Feutré se marra franchement devant leur mine déconfite.

Décidément, les deux vieux fous pensaient à tout.

Emma et Lucas sortirent pour passer un coup de fil à Liu Yi et Luis rampa jusqu'à voir la remise.

L'amoureux des orchidées était tranquillement installé à son bureau et répondait au téléphone.

Il assurait à Emma et Lucas que Kemper Smith était au restaurant avec les autres chercheurs et qu'il s'était joint à eux pour le garder à l'œil.

Ils devraient terminer leurs agapes d'ici une heure.

Mensonge énorme. Foutu menteur.

Ils attendirent que la nuit noire se soit définitivement installée et prirent leur poste.

32
FLUCTUAT NEC MERGITUR

La fraîcheur humide de la nuit normande commençait à peser sur le dispositif.

Lucas jurait en marmonnant et Emma battait de la semelle pour se réchauffer.

La voix de Dumouchel résonna faiblement dans les *talkies* à 23 h 10.

— Il sort.

Ils passèrent immédiatement de transis à étuvés, de gelés à enflammés.

Emma et Lucas aperçurent Liu Yi dix secondes plus tard. Il marchait d'un pas élastique vers le Pavillon. Ils prévinrent le réseau de surveillance :

— Il file vers l'objectif. Langlois, vous êtes en place ?

— Je suis en haut de l'escalier du premier. Je pourrais l'entendre aller vers la cave, presque le sentir. Tout est O.K.

Anquetil et Luis rappliquaient au trot. Emma avait vu juste.

Les deux adolescents laissèrent passer deux minutes et sortirent de la serre au cadran pour filer à pas de loup vers le Pavillon. Ils se cachèrent et attendirent.

Anquetil, Dumouchel et Luis convergèrent. Tous attendaient maintenant le signal du troisième flic posté à l'étage.

Qui arriva dans la foulée, dans un chuchotement.

— Il est descendu à la cave. Laissons-lui deux minutes...

Qui parurent durer des heures...

— O.K., on peut y aller.

Ils pénétrèrent en silence dans l'immense bâtisse et filèrent vers le sous-sol.

Arrivés en bas, Luis, Emma et Lucas voulurent passer devant. Anquetil dégaina son arme et s'y opposa. Très fermement. Il parlait à voix basse, mais son ton était tranchant.

— Je passe le premier. Dumouchel et Langlois, vous fermez la marche et vous nous couvrez. C'est comme ça. Et pas autrement.

O.K., très bien, pas la peine de s'énerver.

Ils durent se mettre à quatre pattes et en file indienne pour pénétrer dans le fin boyau qui descendait sec. Ça puait l'eau croupie et la moisissure. Au bout d'une vingtaine de mètres à glisser et se rentrer dedans, la meute déboucha dans un tunnel voûté gigantesque, maçonné en pierres noires qui suintaient comme une blessure infectée. Ils entendaient, loin, très loin, les pas de Liu Yi, petits claquements étouffés qui s'amenuisaient dans les ténèbres.

La lampe crayon d'Anquetil, hyperdiscrète, fut allumée. Elle suffisait pour avoir une vue d'ensemble de l'endroit. Qui ressemblait à s'y méprendre à un décor de film d'horreur. La voûte, très haute, avec en dessous, une sorte de petit trottoir pavé sur lequel ils pouvaient marcher à deux de front et, sur leur gauche, en contrebas, un immense couloir d'eau stagnante noire et épaisse, large d'au moins deux mètres, qui sentait la tourbe et la pisse de poney.

Dégoûtant, lugubre et flippant.

Ils se mirent en route.

Au début timidement, puis de plus en plus vite.

Le bruit des pas de Liu Yi s'estompait et ils devaient s'arrêter et même arrêter de respirer, pour le percevoir désormais.

Ils accélérèrent encore la cadence.

La descente dura une bonne vingtaine de minutes, puis la pente du souterrain s'inversa, comme si on remontait vers la surface.

Anquetil arrêta la caravane et chuchota :

— Je vais jeter un coup d'œil. Quand je siffle, vous rappliquez.

Le petit coup de trompette du commissaire remit tout le monde en mouvement.

Ils débouchèrent à l'air libre en écartant un buisson de ronces. Ils surplombaient presque la Seine.

Dumouchel, un Rouennais de toujours, n'eut aucun mal à les situer.

— Nous sommes sur le quai du Cours de la Reine, à hauteur du pont Mathilde... Le tunnel passe sous la quatre-voies... Merde alors, c'est incroyable !

Langlois y alla de sa supposition.

— Ils ont dû louer un entrepôt sur l'île Lacroix...

Anquetil avait sorti une petite paire de jumelles et suivait la progression de Liu Yi. Il marchait le long du fleuve, les mains dans les poches, à deux cents mètres vers l'aval. Le quai était désert.

— Venez.

Courbée, disciplinée, la troupe avança dans le sillage du commissaire, sur les traces de Liu Yi.

Ils dépassèrent une première péniche amarrée à quai, puis une deuxième, trente mètres plus loin. L'homme aux orchidées continuait sa balade, l'air de rien, le commando toujours sur ses talons. Ils laissèrent une troisième péniche sur leur droite, remontant toujours plus vers l'aval de la Seine.

— Stop !

Un cri rauque. Un ordre sec. Sur le pont de *La Garance* – la troisième péniche amarrée –, quatre hommes armés de fusils d'assaut AR-15 les tenaient en joue. William Littell, assis sur un fauteuil, plus décontracté et beau qu'un acteur de cinéma, tenait une tasse de café à la main.

Des pièges en cascade. Un abîme sans fin.

Liu Yi était un génie. La pensée gifla Emma assez fort pour lui faire monter les larmes aux yeux.

Littell les invita à monter à bord d'un geste de la main accompagné d'un sourire.

Emma regarda dans la direction de Liu Yi. Il avait fait demi-tour et venait vers eux d'un pas nonchalant, un sourire narquois sur le visage. Lucas voulut se ruer sur lui, mais Langlois l'arrêta dans son mouvement. Une envie de meurtre plus tard, ils étaient tous poussés vers l'intérieur de la péniche.

Les hommes de main de Marabon avaient récupéré les téléphones, les armes des policiers, et les prisonniers traversèrent la timonerie, puis descendirent une nouvelle volée de marches pour entrer dans l'immense cale emplie d'orchidées et de boutures de pommiers.

Les racines à nu des jeunes pommiers, associées à leur champignon ami, étaient forcées par la génétique à intégrer le code tronqué de la Neottie, les transformant en bombe à fragmentation biologique.

Ils étaient au cœur du réacteur, dans ce laboratoire flottant qui permettait à l'organisation de rayonner vers les vergers, par la Seine et ses affluents, et ensuite par la route.

L'épicentre de l'écocide ? L'inoffensive *Garance* flottant en plein centre-ville de Rouen, mon ami !

Liu Yi, Bondurant et Littell échangèrent à voix basse. Ils hochèrent la tête d'un air satisfait.

Au fond, assis contre la cloison en acier, les mains attachées dans le dos, bâillonnés, leurs six amis.

Un peu esquintés, mais visiblement entiers.

Mu et Meï semblaient les plus atteints. Trente-six heures dans cette position justifiaient leur petite mine.

Un pansement ensanglanté était posé de guingois sur le front de Jeanne. Le major dormait, sa petite moustache tremblait !

JMJ et Aris' semblaient aller à peu près bien.

Il régnait un silence tendu. Tout le monde avait compris que la partie était finie.

Les six nouveaux arrivants rejoignirent le premier lot de captifs.

Les hublots ouverts laissaient passer une brise douce.

Les moteurs se mirent à ronronner. *La Garance* allait lever l'ancre.

La guilde des Jardins du Roi venait de toucher le fond. La guilde des Jardins du Roi avait mené son combat de trop.

Trois cents ans d'histoire secrète seraient bientôt jetés dans la Seine, lestés de gueuses en plomb, et iraient nourrir les silures.

Emma et Lucas laissèrent leurs larmes couler.

Trop de pression contenue, trop de déception rentrée qui devaient sortir.

Ils n'avaient pas pu sauver leurs amis.

Les pommiers allaient mourir, la forêt primaire allait mourir.

La brise se fit plus forte. Les feuilles des jeunes pommiers hybrides, ces bourreaux innocents, tremblaient sous l'éclairage au néon.

JMJ accrocha les regards de Luis et Lucas.

Il leur fit un clin d'œil.

Luis le lui rendit.

JMJ semblait sourire sous son bâillon et donna un violent coup de talon sur le sol.

Le *CLONGGGG* se diffusa dans l'acier de la coque et résonna dans les parois métalliques.

Tout le monde fut surpris.

Tout le monde le regarda.

Les quatre hommes armés, Littell, Bondurant et Liu Yi le dévisagèrent comme s'il était fou, dodelinèrent de la tête sur l'air du « Mais quelle mouche a encore piqué ce vieux cinoque ? »

Une mouche, vraiment ?

Leurs yeux s'agrandirent de façon démesurée.

Leurs traits se figèrent sous l'effet de la surprise et de la douleur.

Les sept tueurs portèrent la main à leur cou.

Ils hurlèrent sans émettre un son.

Ils s'effondrèrent en un seul mouvement.

Les sept tueurs venaient d'apprendre à leurs dépens que la Guilde avait la même devise que la ville de Paris.

Elle flotte, mais elle ne coule pas.

33
LE VER EST DANS LE FRUIT

Les gyrophares et les sirènes deux tons ambiançaient le quai du Cours de la Reine comme jamais. Le pont Mathilde avait des airs de boîte de nuit.

Anquetil coordonnait le chahut ambiant. Il rayonnait par intermittence, un moment bleu, un moment blanc, il vociférait des ordres qui se perdaient dans la nuit, il criait et il jubilait.

Les ravisseurs d'hier soir avaient pris la place des menottés de minuit cinq.

L'histoire s'était renversée comme une soupière sur un parquet.

Les sept tueurs étaient ligotés et bâillonnés, assis contre la paroi, à fond de cale.

Un cordon de forces de l'ordre serré empêchait toute intrusion sur *La Garance*. Le commissaire leur avait laissé trente minutes pour disserter. Ensuite il poserait les scellés sur ce rafiot et mettrait tous les affreux au cachot.

Trente minutes ? Un temps suffisant pour faire le point et s'accorder sur une version acceptable. Une version qui satisferait la police française, les autorités chinoises et surtout maître Yao Bu.

Yao Bu n'était plus le jeune botaniste timide et trop poli qui se confondait en excuses.

Il était LE guerrier de l'Enfer, le bras vengeur de la confrérie des Pétales rouges venu délivrer le feu et la foudre à 16 000 kilomètres de chez lui.

Il était assis sur ses talons, en face de Liu Yi.

Ce dernier avait la tête baissée. Yao Bu lui saisit les cheveux à pleine main d'un geste sec et le força à le regarder.

Il lui murmura des paroles sombres en mandarin, des mots qui s'incrustèrent dans les traits du maître espion des mots qui ressemblaient à une sentence de mort.

Les hommes des Pétales se tenaient aux quatre points cardinaux de la péniche.

Ils avaient encore à la main leurs sarbacanes en bambou peint.

Les petites pochettes de dards empoisonnés pendaient sur leur poitrine.

Jeanne regardait avec envie ces petites fléchettes. Elle aimerait bien savoir quel mélange de plantes pouvait être à ce point efficace. Elle penchait pour un cocktail savamment dosé comportant, entre autres choses, un peu d'aconit – *Aconitum napellus* – et de belladone – *Atropa belladonna* – augmenté de quelques autres bricoles adjuvantes. Elle se promit d'en demander la recette à Yao Bu.

Devant les bacs de culture, Emma et Lucas firent le siège de JMJ. Ils le noyaient sous un flot de questions qui se résumaient à une seule : qu'est-ce que c'est que ce merdier ? JMJ et Aris' finirent un check compliqué poing contre poing et JMJ se mit à table :

— Liu Yi a fait une erreur monumentale. Il ne pouvait pas appartenir aux Pétales rouges. C'était impossible. Dès qu'il nous a affirmé en faire partie, il était cuit.

— Tu sais que Liu Yi est le traître depuis ce moment-là ?

— Oui. Il s'est découvert bêtement. Ce fut sa seule erreur. Mais celle-là valait de l'or !

— Mais... pourquoi ?

Lucas voulait dire par là : pourquoi ne nous avoir rien dit, pourquoi avoir attendu, pourquoi vous être malgré tout rués dans un piège, pourquoi une telle folie ? JMJ choisit le pourquoi qui l'arrangeait.

— La Guilde et les Pétales ont un accord ancien qui a toujours été respecté et qui stipule que si l'une des deux organisations doit intervenir dans la zone géographique de l'autre, elle doit impérativement la prévenir...

— Et les Pétales rouges n'ont rien fait de ce genre ?

— Si, naturellement. Mais c'est Yao Bu qui s'est présenté à Aris', dès son arrivée à Rouen...

— Mais alors, nom d'un chien, pourquoi tout ce cirque ?

Lucas en avait ras le bol de ce jeu de miroirs qui n'en finissait pas. Il était à deux doigts de se mettre vraiment en pétard. JMJ lui décrocha une petite droite à l'épaule en prenant la pause du boxeur statufié dans le triomphe. Effet garanti. Lucas se marra.

— Il nous fallait les prendre la main dans le sac et découvrir leur labo secret. Là où les OGM étaient stockés et partaient vers les vergers. Par ailleurs, cette petite astuce vous mettait à l'abri en concentrant l'attention sur Jeanne, Aris', le major et moi.

— Mais… mais… Vous vous êtes sciemment précipités dans le piège que vous tendait Liu Yi ?

La voix d'Emma trahissait sa surprise. Et son profond mécontentement.

— Oui.

— Mais vous auriez pu vous faire tuer !!!

— Toutes les voitures d'Aris' le Prévoyant sont blindées.

Les deux vieux dingues explosèrent de rire. JMJ reprit plus sérieusement :

— Cette idée était parfaite pour vous laisser agir.

— Agir ?

— Oui, je savais que vous alliez comprendre, à un moment ou à un autre, et que vous organiseriez un plan pour piéger Liu Yi. Mais ce que je savais aussi, c'est que Liu Yi, stratège de haut vol, aurait un coup d'avance sur vous, qu'il se saurait surveillé et vous tomberait dessus. Il ne le ferait qu'en toute fin de partie, quand le reste de la Guilde serait déjà dans ses filets. Il avait besoin de vous pour m'obliger à parler… Il me suffisait d'avoir une deuxième équipe en embuscade, pilotée par Luis le Discret. Yao Bu, mandaté par les Pétales rouges pour mettre un terme aux agissements de Liu Yi, s'est assez logiquement proposé pour porter l'estocade.

Un drôle de bruit sourd résonna dans la coque. Jeanne et le major, qui semblaient attendre ce signal, partirent côté flots pour jeter un œil.

— Ils sont là, James.

— O.K., embarquons tout ça.

Lucas regarda par un hublot. Une longue barge à fond plat venait de se mettre à couple. La Guilde et les Pétales faisaient le ménage. La majorité des plants de pommiers et d'orchidées fut transvasée par tous les membres de la Guilde et des Pétales. Le matériel informatique et toutes les cartes d'implantation des OGM dans les vergers connurent un sort analogue. Ils laissèrent quelques éléments de preuves pour Anquetil.

Les hommes de Yao Bu montèrent à bord en bon ordre.

Liu Yi les accompagnait.

Emma et Lucas ne donnaient pas cher de sa peau.

Lucas n'eut pas un regard pour lui.

JMJ, à l'inverse, s'enquit de son sort auprès de Yao Bu.

— Qu'allez-vous faire de lui ?

— Il passera en jugement devant la Cour de la commission des Étamines. Il est le cerveau d'une triade que nous avions dans le viseur depuis longtemps. Je pense que la Cour ne lui fera pas de cadeau.

Liu Yi allait finir ses jours à replanter des arbres dans les forêts dévastées de Bornéo, enchaîné à un orang-outan dressé pour lui filer des coups de bâton.

Au mieux.

Le commissaire Anquetil arriva quand tout fut fini.

La version qu'on lui proposa lui convint très bien.

Deux anciens agents de la CIA au service d'une grande firme avaient tenté d'empoisonner des vergers normands. Des armes, des faux papiers et du matériel compromettant avaient été saisis. Le versant chinois de l'opération « Pommes de l'apocalypse » était purement et simplement effacé de l'histoire. C'était mieux ainsi.

Anquetil militait pour que Marabon ne soit pas clouée au pilori, afin que cette affaire ne déclenche pas un tsunami politique. La multinationale était trop puissante et les preuves de son implication trop diffuses pour prouver la réalité du complot et gagner devant un tribunal.

Le gouvernement, en revanche, pourrait la contraindre à lâcher du lest dans de futures négociations.

Emma et Lucas étaient outrés.

Marabon allait encore survivre et la Guilde s'était découverte de façon dangereuse. Une fois le commissaire parti, Emma interrogea JMJ :

— Toutes les informations qui étaient sur les murs, la carte de nos bases secrètes, terrestres et marines, les organigrammes... Liu Yi les a photographiées et a eu le temps de les transmettre à ses complices, à Marabon...

JMJ et Aris le Facétieux s'en claquèrent cinq de nouveau. JMJ et Aris' le Comique se poilèrent de plus belle.

— J'espère bien qu'il l'a fait! Tous les documents punaisés dans le sanctuaire d'Aris' sont des faux que notre estimée Jeanne a conçus spécialement pour lui. Marabon va s'épuiser à vérifier des informations fantaisistes pendant des années.

— Mais Nantes figurait bien sur la carte?

— Il fallait être crédible... Mais là où ça devient plus intéressant, c'est que Jeanne a réussi à cacher un code dans l'image même de la carte. Marabon a déjà dû infecter tous ses ordinateurs avec notre petit ver informatique. Nous avons désormais une porte dérobée pour entrer chez le grand méchant loup!

Emma et Lucas prirent, en apnée, la vraie mesure de cette organisation et de ses membres. Si Liu Yi était un brillant joueur de go et un mystificateur de génie, alors que penser de JMJ et de la Guilde? Leur audace, leur capacité à résoudre des équations complexes tout en roulant leurs adversaires dans la farine étaient sidérantes.

Être recruté par des gens pareils vous polissait l'*ego* à la chamoisine de luxe, mais vous poussait à la modestie.

Ils avaient encore beaucoup à apprendre. Une vie n'y suffirait pas. Surtout s'ils devaient servir de cibles à tous les psychopathes climato-sceptiques qui pullulaient de Rio à Washington !

ÉPILOGUE

Pluie et soleil, arc-en-ciel et fou rire, bonne chère et résultats de recherches, rien ne manqua pour faire de ce samedi un moment à part.

Emma et Lucas avaient passé la journée du jeudi au lit et repris leurs travaux le vendredi, ne tenant pas en place à l'idée de revoir leurs famille et amis.

Car Tim et ses parents n'étaient pas venus seuls.

Flavie était du voyage.

Tout comme la mère de Lucas, à qui son fils manquait comme une partie d'elle-même, qui s'était aussi glissée dans le convoi.

Le cuisinier alsacien, à qui une madame Le Cunff excédée avait demandé/imposé d'aller voir si la Normandie était aussi verte qu'on le disait, ne s'était pas fait prier.

La mèche blanche d'Emma choqua l'aînée des Le Cunff qui prit sa petite sœur dans ses bras. Cette vrille de cheveux dépigmentés valait tous les résumés : sa frangine en avait bavé des ronds de chapeau et il allait falloir la dorloter pour qu'elle oublie tout ça.

Emma présenta Kemper D. Smith à toute l'assemblée. Tim lui tomba dessus et lui posa des colles à plusieurs reprises. Le petit ange blond avait potassé son sujet. Il semblait avoir grandi dans les monts Tian Shan et mangé les fruits du *Malus sieversii* depuis sa naissance ou depuis qu'il avait des dents.

Le chercheur américain regardait l'enfant blond comme s'il s'agissait d'un cyborg connecté à tous les serveurs internet du monde. Lucas le vit à plusieurs reprises vérifier discrètement que Tim n'était pas appareillé ou relié à un quelconque système électronique. Kemper Smith ne savait rien des manœuvres de Liu Yi pour lui faire porter le chapeau. « Un peu de discrétion ne nuit pas », lâcha Aris' le Discret, vêtu pour l'occasion d'un costume vert tendre et d'un chapeau représentant une Granny Smith géante.

Monsieur Le Cunff père ne quittait pas le major d'une semelle et l'interrogeait sur les mini-drones dès qu'il en avait l'occasion. Les cheveux blancs d'Emma lui plurent beaucoup : « Ils ressemblent à du chou fermenté. Je prends ça comme un hommage », fut sa seule remarque à ce sujet.

Meï Tan Ho et Mu Lin tenaient Lucas par la main. Le jeune garçon avait pour eux tous les attributs du héros et voir un personnage aussi considérable que Yao Bu s'incliner devant lui sur la péniche resterait gravé en eux leur vie durant.

Yao Bu, parti la veille en Chine par bateau, les avait recrutés pour intégrer les Pétales rouges si l'enquête les concernant donnait des résultats favorables.

Lucas les questionna sur ce qu'ils avaient trouvé et qui avait précipité leur enlèvement.

— Une orchidée, Lucas, nous avons trouvé une orchidée *Neottia nidus-avis* qui poussait dans le talus derrière le verger. Elle n'avait rien à faire là et, pour connaître le fonctionnement de cette herbacée, nous nous sommes dit que cela pouvait avoir un lien avec l'attrition des pommiers.

— Mais leur OGM était censé être souterrain…

JMJ qui rôdait comme une voiture de patrouille autour de sa petite troupe entra dans la discussion :

— On ne peut toujours tout prévoir. La créature a échappé à ses maîtres et est retournée à son stade aérien initial. La découverte de nos deux amis rend notre travail de « nettoyage » nettement plus aisé. Toutes les orchidées reprennent le chemin de la surface et signalent les endroits où nous devons concentrer nos prélèvements. Il ne suffit pas toujours d'être machiavélique et avide pour contraindre la nature…

Emma et Lucas filèrent en fin d'après-midi récupérer leurs affaires dans l'appartement.

Le retour à Nantes approchait.

Ils étaient seuls et une petite gêne les saisit au moment de quitter leur cinq-pièces.

Ils savaient l'un et l'autre que leur histoire était pour le moment entre parenthèses et qu'ils devaient faire le point avant d'envisager la suite.

La guilde des Jardins du Roi n'était pas un club de vacances et il était nécessaire de bien peser ses choix pour y faire ses classes.

Sur cet accord tacite, la jeune fille prit la main de son ami et l'attira dans l'escalier en claquant la porte.

Emma et Lucas rejoignirent leurs amis, avançant tout sourire vers un nouveau précipice aux reflets d'azur.

FIN

UNE VIE DE BOTANISTE PAS LOIN DE LA NÉOTTIE (ET PLUS)

Postface de Marc-André Selosse

Professeur du Muséum national d'Histoire naturelle,
Professeur aux universités de Gdansk (Pologne)
et de Kunming (Chine)
Vice-président de la Société botanique de France

J'avais 13-14 ans. Mon grand-père m'emmenait, chaque mercredi et samedi après-midi, me balader en forêt. Je cherchais des champignons, que je ramenais à la maison. Les dessiner, le soir au retour, me passionnait. J'essayais de trouver leur nom dans des livres et parfois j'allais chez le pharmacien pour avoir un avis… Mais en fait, souvent, je perdais le pharmacien devant des champignons qui ne ressemblaient à rien de mangeable… Les gens ramassent des champignons qui se mangent ; moi je ramassais tout – plus la forme était bizarre et plus cela m'amusait. Et puis j'adorais les balades passées à chercher des espèces et des formes nouvelles, comme une chasse. Ça devenait de plus en plus dur de trouver un spécimen jamais vu !

Puis vint la rencontre : un jour, le nez au sol comme à mon habitude, je découvris des petites tiges brunes lestées de boules bizarres. Je voulus les mettre dans mon panier : en tirant, il vint un groupe de courtes racines serrées et emmêlées.

Mince ! C'était une plante, mais une plante sans chlorophylle, je m'étais trompé en pensant à un champignon ; les boules, c'était... des petites fleurs !! J'étais fasciné, un truc comme ça ne s'oublie pas...

Morale : étudier et observer les espèces dans la nature, c'est une distraction, un jeu, une activité de détente, pas chère. Ça se passe à côté de chez vous et c'est incroyablement varié !

J'avais 19-20 ans, mon bac en poche, et je tentais d'accéder à une grande école dans une classe préparatoire de biologie (on dit BCPST, maintenant). J'étais passé, entre-temps, de ma passion pour les champignons à l'étude des plantes – c'est elles que j'essayais d'identifier un peu partout, en week-end, au parc du Luxembourg près du lycée, ou en vacances. J'avais souvent une flore, un de ces bouquins où trouver les noms des plantes, dans la poche.

Un jour, en parlant avec une fille de ma classe vraiment super (elle aimait les plantes aussi, et moi, je crois bien que... je l'aimais), cette plante sans chlorophylle me revient en tête. J'essaie de faire le malin en la décrivant, Alice ne me croit pas trop, elle me dit que cela devait être une plante parasite (elle me parle d'Orobanche), dont les racines se fixent sur celles des plantes voisines pour s'en nourrir. Eh oui : comment se nourrir sans chlorophylle, parce qu'alors, pas de photosynthèse ?

Mais, lui dis-je, il n'y avait pas de lien aux racines des plantes voisines ! On va à la bibliothèque, on sort des flores et on tombe sur le nom : une orchidée, la Néottie nid d'oiseau, ainsi nommée à cause de ses courtes racines emmêlées formant comme un nid d'oiseau. Elle se nourrirait de matière morte du sol grâce à des champignons qui colonisent ses racines et en même temps le sol voisin… mais en fait, on n'en est pas trop sûr (on est en 1988 !). Elle était stupéfaite et… admirative je crois bien.

Morale : la botanique ça crée des liens, ça se fait à plusieurs aussi. Bon, ce n'est pas toujours la meilleure façon d'aborder une fille, mais ça se tente !

J'avais 33 ans, ma thèse en poche, et je venais d'être nommé maître de conférence à l'université Pierre-et-Marie-Curie (Paris-VI). Outre des cours à donner, je devais lancer mon programme de recherche… Je décidais d'identifier ces champignons qui nourrissaient la Néottie. Cette association entre racines des plantes et champignons du sol est bien connue. La racine colonisée par le champignon est appelée mycorhize et 90 % des plantes vivent ainsi. Le champignon est nourri en sucre par la plante et, en échange, il lui apporte des sels minéraux et de l'eau du sol.

Mais là, ça fonctionnait différemment pour la Néottie : le champignon lui donnait aussi du sucre ! Il faut aussi dire que c'était une plante emblématique car j'avais appris entre-temps que c'était sur elle qu'un français, Noël Bernard, avait montré en 1899 la présence de mycorhize chez les orchidées. Mais il n'avait jamais pu cultiver le champignon au laboratoire, une opération nécessaire pour trouver son nom… et comprendre comment ce champignon se nourrit !

Grâce à l'examen de l'ADN du champignon je découvris que c'était un Sébacina. Personne ne connaissait trop bien ce groupe, à l'époque. Je devins aisément, avec un ami allemand, Michael, un des deux spécialistes mondiaux de ce groupe qui… n'intéressait pas grand monde. Je fis cependant, en cherchant où les Sébacinas se nourrissaient elles-mêmes, une découverte qui retint l'attention du monde scientifique.

Il y avait, à côté des racines de Néottie, mais sans contact direct, des racines d'arbres. J'y découvris que les Sébacinas formaient aussi des mycorhizes sur les arbres voisins ! Et c'est là que les champignons trouvaient des sucres qui les nourrissaient eux-mêmes et, de là, aussi la Néottie. On avait cru que les champignons de la Néottie cherchaient la nourriture dans la matière morte du sol, eh bien non ! La Néottie exploite des champignons qui la relient aux arbres voisins, en un « réseau mycorhizien ». Cela fait d'elle… une forme de parasite indirect des arbres.

Tiens, tiens, Alice n'avait pas tort, finalement, quand elle avait pensé à une plante parasite ! Mais d'un type nouveau.

Morale : n'oubliez jamais vos rêves et vos observations d'enfant. Car c'est une façon de réussir à devenir adulte. Et pour un garçon, faire attention à ce que disent les filles, c'est souvent un bon tuyau.

J'ai 52 ans, je sors de la Maison de la Radio, où Mathieu Vidard m'a interrogé sur mon dernier livre. Il parle d'une grande famille de substances qu'on trouve dans les plantes : les tannins. Méconnus mais présents dans nos existences quotidiennes, ils peuplent notre vie, nos aliments, sauvent les plantes, fabriquent nos sols… (Bon, c'est une autre histoire ; je me calme, l'émission est finie !) *La Terre au Carré*, c'est une émission que j'adore écouter, car elle est rigoureuse scientifiquement et distrayante en même temps… Elle est utile pour comprendre notre monde et les périls qui s'y glissent, mais aussi comment la science écologique nous offre des solutions, pour le climat, la santé et l'agriculture. Car il y a un avenir radieux promis à nous, si on s'y prend bien avec la Nature !

Bref, j'étais heureux d'avoir parlé de mon livre et d'avoir revu Mathieu Vidard que j'admire. Je repensais au livre de Guillaume Le Cornec, où il invente une *Terre au Carré* fort plausible sur la Néottie. Tiens, je n'ai jamais parlé de Néottie, à Mathieu. Faut que je lui en touche un mot un jour.

Je retourne au travail à vélo, direction le Jardin des Plantes ? Je suis maintenant professeur au Muséum, mon bureau donne sur le jardin. J'ai des cheveux gris mais je n'ai pas changé. Montrez-moi une plante que je ne connais pas ou un champignon bizarre, et j'arrête tout, *illico*, pour regarder ce que c'est.

Morale : les plantes sont partout, dans les thrillers, à la radio, dans nos assiettes ! Ça peut vraiment remplir une vie – mais ça peut aussi distraire les week-ends ou un jour de vacances.

Regardez les végétaux, de près, n'hésitez pas à vous renseigner, à en discuter avec des mordus : une plante, c'est plus que ce qui accompagne les morceaux de viande dans l'assiette de la cantine… Et elles ont des choses à vous raconter, oui, vraiment !

Se passionner pour la plante et la comprendre pour agir : n'est-ce pas ce que font les personnages de Guillaume Le Cornec, tout au long de ces pages ?

REMERCIEMENTS

J'aimerais d'abord adresser ma profonde estime à Marc-André Selosse. Qu'il me fasse l'amitié de postfacer ce livre est un immense honneur. Marc-André Selosse est un botaniste de combat, un scientifique qui fait évoluer le monde de la recherche et bouger les lignes de la botanique, tout en œuvrant au quotidien comme médiateur du vivant ! Il met la complexité du monde et sa beauté à notre portée, à travers ses livres et ses conférences. Nous sommes chanceux de pouvoir le lire et l'écouter et les botanistes de le compter dans leur rang.

J'ai également une pensée forte pour Agnès Schermann qui a donné de son temps pour lire ce texte et m'a aidé à être plus près de la « vérité » sans jamais sacrifier à l'intrigue. Merci à vous Agnès. Je tiens également à adresser un salut camarade à Romaric Perrocheau, président de l'Association des jardins botaniques de France et des pays francophones qui m'a, dès le départ, soutenu dans cette aventure étonnante de polar botanique pour la jeunesse. Romaric n'a pas son pareil pour s'embarquer dans des aventures loufoques et j'en suis heureux. Un salut équivalent à Jacques Soignon avec lequel nous irons peut-être au Kazakhstan, si nos planètes s'alignent !

Je n'oublie pas mes amis de Rouen, Françoise Lesconnec, Karine Divernet et bien sûr Emmanuel Duplaix qui m'ont ouvert grand les portes de leur Jardin des plantes et ont manifesté un enthousiasme jamais démenti pour ce projet.

Salut à tous et merci !

TABLE

IMPRIM'VERT®

Achevé d'imprimer par CPI,
en juin 2020
N° d'imprimeur : 158629

Dépôt légal : juin 2020

Imprimé en France